Learn German

with

Romantic Stories

German A2 – B1 Reader

Brian Smith

German Graded Readers

For more books and E-book options visit:

www.briansmith.de

Ars Amatoria - Die Kunst der Liebe

1. Aelius' Suche beginnt

Im Herzen des alten Roms sehnte sich ein junger Mann namens Aelius nach Liebe. Auf der Suche nach einer romantischen Beziehung wandte er sich Ovids „Ars Amatoria" zu, einem Leitfaden für die Liebe und das Werben.

Eines sonnigen Tages ging Aelius in eine Bibliothek und entdeckte ein abgegriffenes Exemplar des Buches. Er las eifrig über die besten Orte, um jemand Besonderen zu treffen.

Mit neu gewonnener Entschlossenheit beschloss Aelius, das belebte Forum Romanum, das Zentrum des gesellschaftlichen Lebens in Rom, zu besuchen. „Das ist der perfekte Ort, um jemanden zu treffen", dachte er.

Während er durch das Forum schlenderte, beobachtete Aelius die Menschen um ihn herum und erinnerte sich an Ovids Ratschläge zu Konversation und Manieren.

Inmitten der Menge blieb sein Blick an einer jungen Frau namens Lydia hängen. Sie war beim Einkaufen und ihre anmutigen Bewegungen erregten Aelius' Aufmerksamkeit.

Aelius nahm seinen ganzen Mut zusammen und ging auf sie zu. Sein Herz raste, als er ihr ein Kompliment machte: „Dein Kleid ist so schön wie die Frühlingsblumen in den römischen Gärten."

Lydia schaute überrascht auf und lächelte. „Danke", antwortete sie, und ihre Augen funkelten vor Neugierde.

Sie unterhielten sich über den belebten Markt um sie herum. „Kommst du oft hierher?" fragte Aelius und fand Vertrauen in ihr freundliches Auftreten.

„Ich liebe es, den Markt zu erkunden. Es gibt immer etwas Neues", antwortete Lydia mit ihrer warmen und einladenden Stimme.

Im Laufe des Gesprächs erfuhr Aelius, dass Lydia Gedichte mochte. Er nutzte die Gelegenheit und sagte: „Heute Abend gibt es im Amphitheater eine Dichterlesung. Hast du Lust, dich mir anzuschließen?"

Lydia überlegte einen Moment und nickte dann. „Das würde ich gerne. Ich genieße eine gute Strophe unter dem Sternenhimmel."

Sie vereinbarten, sich später am Abend bei der Dichterlesung zu treffen. Aelius ging weg, sein Herz war leicht und voller Freude auf den kommenden Abend.

Sein erster Schritt auf der Suche nach Liebe, geleitet von Ovids Lehren, hatte ihn zu Lydia geführt. Aelius fühlte sich hoffnungsvoll, die Worte des antiken Dichters hallten in seinen Gedanken wider, während er sich auf das vorbereitete, was der Abend bringen würde.

1. Abenddämmerung: Twilight
2. Beharrlichkeit: Perseverance
3. Drehscheibe: Turntable
4. Eifersucht: Jealousy
5. Fledermaus: Bat
6. Gewissenhaft: Conscientious
7. Hinterhof: Backyard
8. Irrgarten: Maze
9. Kiefer: Pine (tree)
10. Leidenschaft: Passion
11. Missverständnis: Misunderstanding
12. Nachhaltigkeit: Sustainability
13. Offenbarung: Revelation
14. Pflichtbewusst: Dutiful
15. Querflöte: Flute
16. Rücksichtsvoll: Considerate
17. Schmetterling: Butterfly
18. Täuschung: Deception
19. Überzeugung: Conviction
20. Verwunderung: Astonishment
21. Wagemut: Daring
22. Zärtlichkeit: Tenderness

2. Die Dichterlesung

Die Abendluft war voll von der Freude auf Poesie und Romantik, als Aelius sich auf die Lesung vorbereitete. Er zog seine schönste Tunika an und erinnerte sich an die Lektionen aus „Ars Amatoria", wie man einen guten Eindruck macht.

Auf dem Weg zum Amphitheater übte Aelius seinen Text und die Gesprächsthemen, in der Hoffnung, Lydia mit seinem Charme und Witz zu beeindrucken.

Als er ankam, sah er Lydia, die unter dem Mondlicht strahlte. „Guten Abend, Lydia", begrüßte er sie mit einem warmen Lächeln.

„Hallo, Aelius", antwortete Lydia und erwiderte sein Lächeln. „Ich freue mich auf die Poesie."

Sie fanden einen gemütlichen Platz, und die Atmosphäre war von der Aufregung der versammelten Menge geprägt. Der Dichter kam auf die Bühne, seine Stimme hallte durch das Amphitheater und erzählte von Liebe und waghalsigen Abenteuern.

Bei jedem vorgetragenen Vers tauschten Aelius und Lydia Blicke aus und teilten ihre Gedanken. „Ich liebe es, wie Poesie das Herz berührt", sagte Lydia, deren Augen das Licht der Fackel zeigten.

Aelius, der eine tiefe Verbundenheit spürte, wagte einen Schritt. „Darf ich ein Gedicht vortragen, das ich geschrieben habe?", fragte er.

Lydia nickte erstaunt. Aelius räusperte sich und trug seinen Text vor, jedes Wort ein Zeugnis seiner wachsenden Gefühle.

„Das war wunderschön, Aelius", sagte Lydia beeindruckt. „Du kannst gut mit Worten umgehen."

Der Abend verging mit Lachen und gemeinsamen Vergnügen. Die Poesie umgab sie mit einem magischen Zauber und brachte sie einander näher.

Als sich die Nacht dem Ende zuneigte, bot Aelius an, Lydia nach Hause zu begleiten. Sie schlenderten durch die ruhigen

Straßen Roms, die Sterne über ihnen zeugten von ihrer aufblühenden Verbindung.

„Der heutige Abend war wunderbar", sagte Lydia, als sie ihre Tür erreichten. „Ich würde das gerne wiederholen."

Aelius' Herz schlug höher. „Das würde mir sehr gefallen, Lydia", antwortete er mit einer Stimme voller Glück.

Sie verabschiedeten sich voneinander, und jeder von ihnen war gespannt auf das, was die Zukunft bringen würde. Aelius ging nach Hause und ließ in Gedanken jeden Moment des Abends Revue passieren.

Er freute sich auf das Wiedersehen mit Lydia und fühlte sich hoffnungsvoll und beschwingt. Die Dichterlesung war ein Erfolg gewesen, und Aelius war Ovids „Ars Amatoria" dankbar, dass sie ihn auf diesen Weg der Liebe geführt hatte.

1. Abenteuer: Adventure
2. Bescheidenheit: Modesty
3. Dämmerung: Dusk
4. Ehrgeiz: Ambition
5. Fackel: Torch
6. Geduld: Patience
7. Herzlichkeit: Heartiness
8. Ironie: Irony
9. Jubel: Jubilation
10. Klarheit: Clarity
11. Leidenschaft: Passion
12. Missverständnis: Misunderstanding
13. Neugierde: Curiosity
14. Offenbarung: Revelation
15. Pflichtbewusstsein: Sense of Duty
16. Quelle: Source
17. Rätsel: Puzzle
18. Schicksal: Fate
19. Tiefe: Depth
20. Überzeugung: Conviction

21. Verwunderung: Astonishment
22. Weisheit: Wisdom
23. Zuneigung: Affection

3. Ein Tag in den Bädern

Um mehr Zeit mit Lydia zu verbringen, lud Aelius sie ein, mit ihm in die öffentlichen Bäder zu gehen, ein beliebter Treffpunkt in Rom.

Am nächsten Tag, unter der warmen römischen Sonne, trafen sich Aelius und Lydia am Eingang der belebten Thermen. „Es ist ein perfekter Tag für ein Bad", begrüßte Aelius sie mit einem Lächeln.

„Ich bin froh, dass du mich eingeladen hast, Aelius", antwortete Lydia und erwiderte sein Lächeln, als sie eintraten.

Das Bad war erfüllt vom sanften Rauschen des Wassers und dem Geplapper der Gäste. Aelius und Lydia suchten sich einen ruhigen Platz und genossen das warme, wohltuende Wasser, während sie sich angeregt unterhielten.

Den ganzen Tag über war Aelius aufmerksam und freundlich und sorgte dafür, dass sich Lydia wohl und respektiert fühlte. „Die Bäder sind ein großartiger Ort zum Entspannen und Reden", sagte er und leitete das Gespräch.

Lydia erzählte von ihrer Familie, von ihrer Kindheit und der Beziehung zu ihren Eltern. „Sie haben mich immer unterstützt", erzählte sie, und in ihren Augen spiegelten sich liebevolle Erinnerungen.

Im Gegenzug erzählte Aelius von seinen Reisen durch das Römische Reich und berichtete von Abenteuern und Sehenswürdigkeiten, die er gesehen hatte. „Rom ist großartig, aber es gibt noch so viel mehr zu sehen", sagte er mit einem Hauch von Verwunderung in seiner Stimme.

Sie sprachen über ihre Lieblingsorte in Rom, wobei Lydia ihre Liebe für das Pantheon zum Ausdruck brachte. „Seine Schönheit und Erhabenheit verblüffen mich immer wieder", sagte sie.

Im Laufe des Tages verliebte sich Aelius immer mehr in Lydia. Ihre Intelligenz, ihre Freundlichkeit und ihr Lachen ließen sein Herz höher schlagen.

Auch Lydia genoss Aelius' Gesellschaft in vollen Zügen. Seine Geschichten, sein Humor und seine respektvolle Art machten den Tag zu einem Vergnügen.

Sie beschlossen, in einem nahe gelegenen Lokal zu Mittag zu essen. Bei einer Mahlzeit mit Brot, Käse und Oliven kamen sie mühelos ins Gespräch.

Aelius, der eine wachsende Zuneigung verspürte, traute sich nicht, seine tieferen Gefühle auszudrücken. „Lydia, ich...", begann er, zögerte aber.

Lydia, die sein Zögern spürte, schenkte ihm ein ermutigendes Lächeln. „Aelius, ich genieße unsere gemeinsame Zeit sehr", sagte sie sanft.

Sie trennten sich mit dem Vorsatz, sich wieder zu treffen, da sich ihre Verbindung vertieft hatte. Aelius verließ das Bad mit einem Herzen voller Gefühle und einem Kopf voller Gedanken.

Zu Hause wandte er sich erneut an „Ars Amatoria" und suchte Rat, wie er den nächsten Schritt tun könnte. Inspiriert davon begann er mit der Planung eines besonderen Ausflugs, in der Hoffnung, ein unvergessliches Erlebnis für sich und Lydia zu schaffen.

1. Bäder: Baths
2. Erhabenheit: Sublimity
3. Familienbande: Family Ties
4. Gastfreundschaft: Hospitality
5. Heiterkeit: Cheerfulness
6. Intelligenz: Intelligence
7. Jugend: Youth
8. Kühnheit: Boldness
9. Loyalität: Loyalty
10. Mahlzeit: Meal

11. Nachdenklichkeit: Thoughtfulness
12. Offenheit: Openness
13. Pantheon: Pantheon (in the context of Roman architecture)
14. Querdenker: Freethinker
15. Respekt: Respect
16. Sehenswürdigkeiten: Attractions
17. Treffpunkt: Meeting Place
18. Überlegung: Consideration
19. Verbindung: Connection
20. Wagemut: Daring
21. Zuneigung: Affection

4. Ein Überraschungspicknick

Aelius, inspiriert durch seine wachsende Zuneigung zu Lydia, beschloss, ein Überraschungspicknick in einem der schönsten Gärten Roms zu organisieren. Er wählte sorgfältig feine Speisen, frisches Obst, Brot und Käse aus und brachte eine weiche Decke mit, auf der sie sitzen konnten. Der Garten war üppig und ruhig, eine perfekte Kulisse für einen romantischen Nachmittag.

Als Lydia ankam, weiteten sich ihre Augen vor Freude. „Aelius, das ist wunderbar!", rief sie aus und betrachtete die malerische Umgebung. Das Wetter war sonnig und warm, ideal für ein Picknick. Sie ließen sich auf der Decke nieder, der Garten blühte um sie herum, und begannen, die von Aelius vorbereiteten Speisen zu genießen.

Aelius hatte sich von einem Freund eine Leier geliehen, um die Stimmung zu verstärken. Er begann, sanfte Melodien zu spielen, die sich perfekt in die ruhige Umgebung einfügten. Lydia, die von der Musik bezaubert war, klatschte in die Hände und summte leise mit. „Du spielst wunderschön, Aelius", sagte sie und ihre Augen funkelten vor Glück.

Während sie aßen, sprachen sie über ihre Träume und Bestrebungen. Lydia erzählte von ihrem Wunsch, zu reisen und mehr vom Römischen Reich zu sehen, während Aelius über seine Ambitionen in Rom sprach.

Aelius spürte, dass der Moment gekommen war, und holte tief Luft. „Lydia, ich muss dir etwas sagen. Ich habe starke Gefühle für dich entwickelt", gestand er, und sein Herz raste vor Erwartung. Lydias Wangen färbten sich sanft rosa, und sie begegnete seinem Blick. „Aelius, ich bin so froh, dass du so denkst. Ich habe das Gleiche gefühlt", gab sie schüchtern zu.

Die Luft schien um sie herum zu flirren, als sie einen zärtlichen, intimen Moment teilten, ihre Gefühle in perfekter Harmonie mit der Schönheit des Gartens. Aelius war überglücklich über Lydias Reaktion. Sein Herz fühlte sich an, als würde es vor Liebe und Glück in die Höhe schnellen. Als die Sonne unterzugehen begann und den Himmel in orangefarbenen und violetten Tönen färbte, sahen sie schweigend zu, und es war ein fast magischer Moment.

Schließlich war es an der Zeit zu gehen. Aelius begleitete Lydia nach Hause, ihre Hände verschränkt. Die Berührung ihrer Hand in seiner war elektrisierend, eine Verbindung, die Bände sprach.

Bevor sie sich trennten, vereinbarten sie, sich bald wieder zu treffen. Aelius ging mit federndem Schritt davon und freute sich schon auf ihre nächste Begegnung. Der Tag war perfekt gewesen, ein schönes Kapitel in ihrer blühenden Liebesgeschichte.

1. Ambitionen: Ambitions
2. Begeisterung: Enthusiasm
3. Decke: Blanket
4. Elektrisierend: Electrifying
5. Flirren: Flutter
6. Gefühle: Feelings
7. Harmonie: Harmony
8. Intimität: Intimacy
9. Jubelnd: Jubilant
10. Klatschen: Clapping
11. Leier: Lyre
12. Melodien: Melodies
13. Nachmittag: Afternoon
14. Obstkorb: Fruit Basket
15. Picknick: Picnic

16. Rosa: Pink
17. Speisen: Dishes
18. Träume: Dreams
19. Überraschung: Surprise
20. Verstärken: Enhance
21. Weich: Soft
22. Zärtlich: Tender

5. Ein Rivale taucht auf

Als Aelius hörte, dass ein Freier namens Decimus, der für seinen Reichtum und seine Beziehungen bekannt war, Interesse an Lydia gezeigt hatte, war sein Herz beunruhigt. Der Gedanke, dass Lydia Decimus ihm vorzog, bereitete Aelius große Sorgen.

Als Aelius Lydia das nächste Mal begegnete, spürte er sofort eine Veränderung in ihrem Auftreten. Sie wirkte distanziert, ihre gewohnte Herzlichkeit war leicht getrübt.

Mit zögerlicher Stimme kam Aelius auf das Thema zu sprechen. „Lydia, ich habe von Decimus gehört. Hat er dir den Hof gemacht?" Lydia seufzte leise, bevor sie antwortete. „Ja, Decimus hat sein Interesse an mir bekundet. Er ist ziemlich hartnäckig", gab sie zu, wobei ein Hauch von Unbehagen in ihrer Stimme lag.

Aelius spürte einen Anflug von Unsicherheit, bemühte sich aber, nach außen hin ruhig zu bleiben. Er erinnerte sich an die Lektionen aus „Ars Amatoria", wie man angesichts von Rivalität selbstbewusst bleibt.

Entschlossen, seine wahren Gefühle auszudrücken, sagte Aelius: „Lydia, ich glaube, dass Taten mehr sagen als Worte. Ich würde dich gerne zu einem großen Bankett einladen. Es würde mir sehr viel bedeuten, wenn du kommen könntest."

Lydia wirkte verwirrt, ihr Blick schwankte zwischen Unsicherheit und Zuneigung. „Ein großes Bankett?", wiederholte sie, ihr Interesse war geweckt. „Es wäre mir eine Ehre, mit dir daran teilzunehmen, Aelius."

Erleichtert über ihre Zusage begann Aelius mit der akribischen Planung des Banketts. Er wollte, dass der Abend perfekt wird, eine Gelegenheit, seine aufrichtige Zuneigung zu Lydia zu zeigen.

Je näher der Tag des Festmahls rückte, desto entschlossener wurde Aelius. Er war entschlossen, Lydia zu zeigen, dass seine Gefühle für sie tief und echt waren.

Der Abend des Banketts kam, und Aelius erwartete Lydias Ankunft mit einer Mischung aus Aufregung und Nervosität. Er war bereit, Lydia zu beweisen, dass seine Liebe echt war und dass er derjenige war, der sie wirklich glücklich machen konnte.

1. Auftreten: Demeanor
2. Bankett: Banquet
3. Beunruhigt: Disturbed
4. Distanziert: Distant
5. Echt: Genuine
6. Festmahl: Feast
7. Gefühle: Feelings
8. Hartnäckig: Persistent
9. Interesse: Interest
10. Lektionen: Lessons
11. Nervosität: Nervousness
12. Reichtum: Wealth
13. Rivalität: Rivalry
14. Selbstbewusst: Confident
15. Taten: Deeds
16. Unsicherheit: Uncertainty
17. Veränderung: Change
18. Zuneigung: Affection
19. Zusage: Consent

6. Das große Bankett

Der Abend des großen Banketts kam, und Aelius war von einer Mischung aus Vorfreude und Besorgnis erfüllt. Das Bankett fand in einer luxuriösen Villa statt, die mit erlesenen Dekorationen geschmückt war und von Lauten- und Flötenklängen erfüllt wurde.

Als Lydia eintrat, begrüßte Aelius sie mit einem strahlenden Blumenstrauß. „Für dich, Lydia, passend zur Schönheit des Abends", sagte er mit einem warmen Lächeln. Lydias Augen leuchteten vor Überraschung und Freude auf. „Danke, Aelius, sie sind wunderschön", antwortete sie und ihr Lächeln erhellte den Raum.

Unter den Gästen befand sich Decimus, der ebenfalls gekommen war, um Lydia den Hof zu machen. Aelius spürte einen Anflug von Eifersucht, als er ihn sah, blieb aber höflich und konzentrierte sich auf Lydia.

Während des ganzen Abends sorgte Aelius dafür, dass sich Lydia besonders wohl fühlte. Sie genossen gemeinsam das köstliche Essen und die wohlklingende Musik und machten den Abend zu einem unvergesslichen Erlebnis.

Als die Musik wieder einsetzte, reichte Aelius Lydia die Hand. „Darf ich um diesen Tanz bitten?", fragte er. Lydia nahm an, und sie bewegten sich anmutig im Rhythmus der Musik.

Decimus beobachtete die beiden von der anderen Seite des Raumes aus, wobei seine Miene immer ärgerlicher wurde. Aelius jedoch schenkte ihm keine Beachtung, seine Aufmerksamkeit galt allein Lydia.

Mit seiner charmanten und witzigen Unterhaltung brachte Aelius Lydia zum Lachen. Sie genoss sichtlich seine Gesellschaft, ihr Lachen hallte in der Villa wider.

Decimus versuchte, Lydias Aufmerksamkeit auf sich zu lenken, und prahlte mit seinem Reichtum und seinen Beziehungen. Doch Lydia schien von seiner Großartigkeit unbeeindruckt zu sein, denn ihr Interesse galt Aelius.

Zum Abschluss des Abends wurde der Himmel mit einem prächtigen Feuerwerk erleuchtet, das dem Abend einen Hauch von Magie verlieh. Während sie das Feuerwerk betrachteten, wandte sich Lydia an Aelius. „Danke für den wunderbaren Abend, Aelius. Ich habe mich schon lange nicht mehr so gut amüsiert", sagte sie aufrichtig.

Als Aelius sie nach Hause begleitete, spürte er eine Welle der Hoffnung. Der Abend war besser verlaufen, als er es sich hätte vorstellen können, und er spürte, dass seine Beziehung zu Lydia eine neue, vielversprechende Ebene erreicht hatte.

1. Amüsiert: Amused
2. Besorgnis: Concern
3. Blumenstrauß: Bouquet
4. Eifersucht: Jealousy
5. Feuerwerk: Fireworks
6. Großartigkeit: Grandeur
7. Hoffnung: Hope
8. Köstlich: Delicious
9. Lautenklänge: Lute Sounds
10. Magie: Magic
11. Miene: Expression
12. Prächtig: Magnificent
13. Rhythmus: Rhythm
14. Tanz: Dance
15. Überraschung: Surprise
16. Unvergesslich: Unforgettable
17. Villa: Villa
18. Vorfreude: Anticipation
19. Wohlklingend: Melodious
20. Zuneigung: Affection

7. Ein Missverständnis

Als Aelius eines Tages über den belebten Markt von Rom schlenderte, sah er Lydia im Gespräch mit Decimus. Als er die beiden aus der Ferne beobachtete, deutete er ihr Gespräch falsch und dachte, Lydia genieße die Gesellschaft von Decimus.

Aelius fühlte sich verletzt und wandte sich schweren Herzens ab. Er beschloss, sich von Lydia fernzuhalten, denn sein Missverständnis trübte sein Urteilsvermögen.

Lydia, die Aelius' plötzliche Unnahbarkeit bemerkte, war verwirrt und besorgt. „Warum geht Aelius mir aus dem Weg?", fragte sie sich. Lydia war entschlossen, die Veränderung in Aelius' Verhalten zu verstehen, und besuchte ihn. „Aelius, habe ich etwas falsch gemacht?", fragte sie mit sorgenvollen Augen.

Aelius zögerte, erklärte dann aber seine Gedanken. „Ich habe dich mit Decimus auf dem Markt gesehen. Ihr scheint euch sehr nahe gestanden zu haben", sagte er mit einem Hauch von Traurigkeit in der Stimme.

Lydia klärte schnell auf: „Oh, Aelius, das hast du missverstanden. Ich habe die Annäherungsversuche von Decimus zurückgewiesen. Ich habe kein Interesse an ihm."

Erleichterung überflutete Aelius, als er seinen Fehler bemerkte. „Es tut mir leid, Lydia. Ich hätte dir vertrauen sollen", entschuldigte er sich aufrichtig. In diesem Moment umarmten sie sich innig, und das Missverständnis war wie weggeblasen. „Ich bin froh, dass wir geredet haben", sagte Lydia, und ihr Lächeln kehrte zurück.

Aelius lernte an diesem Tag eine wertvolle Lektion über Vertrauen und Kommunikation. „Ich werde immer ehrlich zu dir sein, Lydia", versprach er. Als ihre Beziehung gefestigt war, begannen sie mit der Planung einer Reise in die ruhige römische Landschaft und freuten sich darauf, eine schöne Zeit miteinander zu verbringen.

Als sie ihre Pläne schmiedeten, fühlte sich Aelius' Herz leichter und fröhlicher denn je. Lydia war ebenso aufgeregt und froh, reinen

Tisch gemacht zu haben. Sie freuten sich auf ihr Abenteuer auf dem Lande und fühlten sich mehr verbunden und verliebt als je zuvor. Die Reise versprach ihnen eine Chance, ihre Beziehung ohne die Ablenkung durch Rom zu erkunden.

1. Annäherungsversuche: Advances
2. Ablenkung: Distraction
3. Beobachtete: Observed
4. Erleichterung: Relief
5. Fernhalten: To Keep Away
6. Gefestigt: Strengthened
7. Herzschmerz: Heartache
8. Innig: Tenderly
9. Kommunikation: Communication
10. Landschaft: Countryside
11. Missverstanden: Misunderstood
12. Nahestehen: To Be Close To
13. Reise: Journey
14. Sorgenvoll: Worried
15. Traurigkeit: Sadness
16. Unnahbarkeit: Aloofness
17. Veränderung: Change
18. Verhalten: Behavior
19. Verletzt: Hurt
20. Weggeblasen: Blown Away

8. Ein Abenteuer auf dem Land

Aelius und Lydia brachen zu ihrem Abenteuer auf dem Land auf und ließen die geschäftigen Straßen Roms hinter sich. Die frische, klare Luft und die landschaftliche Schönheit der sanften Hügel hießen sie herzlich willkommen.

Auf ihrer Reise kamen sie an einem bezaubernden Weinberg vorbei. Der Besitzer begrüßte sie und bot ihnen eine Kostprobe seines besten Weins an. Aelius und Lydia nippten an dem Wein, genossen seinen reichen Geschmack und die atemberaubende Aussicht auf den Weinberg.

Ihr Lachen hallte durch die Felder, als sie das Land erkundeten. Abseits der Stadt fühlte sich alles lebendiger und fröhlicher an.

Im Geiste des Abenteuers beschlossen sie zu reiten. Im Galopp durch die offenen Felder fühlte Aelius ein Gefühl von Freiheit und Glück, das er nie zuvor gekannt hatte.

Auch Lydia war von der Stille der Landschaft fasziniert. „Es ist so friedlich hier, weit weg vom Lärm Roms", sagte sie und ihre Augen spiegelten die Schönheit der Landschaft wider.

Sie fanden einen perfekten Platz unter einem alten Olivenbaum für ein Picknick. Während sie aßen, träumten sie von einem Leben auf dem Land, umgeben von der Schönheit der Natur.

Als es Abend wurde, lagen sie auf der Decke und beobachteten die Sterne. Der Nachthimmel war eine Leinwand aus funkelnden Lichtern, die ihrer Nacht einen Hauch von Magie verliehen.

Als er dort lag, spürte Aelius eine überwältigende Nähe zu Lydia. „Ich habe mich noch nie mit jemandem so verbunden gefühlt", gestand er, seine Stimme war sanft, aber voller Gefühl.

Lydia drehte sich zu ihm um, ihre Augen leuchteten im Sternenlicht. „Aelius, wenn wir bei dir sind, fühlt sich alles richtig an", teilte sie ihm mit, und ihre Worte waren voller Zuneigung.

Schließlich schliefen sie unter dem Sternenhimmel ein, und die sanften Geräusche der Natur wiegten sie in einen friedlichen Schlummer.

Aelius träumte von einer Zukunft mit Lydia, einer Zukunft voller Liebe, Lachen und Glück.

Am nächsten Tag, als sie nach Rom zurückkehrten, waren ihre Herzen voll. Das Abenteuer auf dem Lande hatte sie einander noch näher gebracht und die Liebe, die sie teilten, vertieft.

Sie betraten Rom Hand in Hand, ihre Bindung war stärker und ihre Liebe tiefer als je zuvor. Die Reise war eine wunderbare Flucht gewesen, ein Blick in eine mögliche gemeinsame Zukunft.

1. Abenteuer: Adventure

2. Atemberaubend: Breathtaking
3. Aussicht: View
4. Bezaubernd: Enchanting
5. Decke: Blanket
6. Felder: Fields
7. Freiheit: Freedom
8. Galopp: Gallop
9. Geschmack: Taste
10. Glück: Happiness
11. Kostprobe: Tasting
12. Landschaft: Landscape
13. Leinwand: Canvas
14. Nähe: Closeness
15. Olivenbaum: Olive Tree
16. Picknick: Picnic
17. Reiten: Riding
18. Schönheit: Beauty
19. Sternenlicht: Starlight
20. Überwältigend: Overwhelming

9. Eine Herausforderung von Decimus

Nach ihrer Rückkehr nach Rom wurde Aelius mit einer neuen Herausforderung konfrontiert. Decimus, der eifersüchtig auf den Verlust von Lydias Zuneigung war, forderte Aelius zu einem Wagenrennen heraus.

Aelius, der die Bedeutung dieser Herausforderung erkannte, nahm sie an. „Ich werde nicht klein beigeben, Decimus. Lass uns das auf der Rennstrecke klären", erklärte er selbstbewusst.

Als Lydia von dem Rennen hörte, machte sie sich große Sorgen. „Aelius, bitte sei vorsichtig. Dieses Rennen könnte gefährlich sein", sagte sie, und ihre Sorge war deutlich in ihrer Stimme zu hören.

Aelius verbrachte die folgenden Tage mit intensivem Training für das Ereignis. Seine Entschlossenheit wurde von dem Wunsch angetrieben, sich selbst und Lydia seinen Wert zu beweisen.

Lydia, die Aelius' Hingabe sah, unterstützte ihn von ganzem Herzen. „Du schaffst das, Aelius. Ich glaube an dich", ermutigte sie ihn und gab ihm Kraft und Motivation.

Der Tag des Rennens kam, und eine große Menschenmenge versammelte sich auf dem Renngelände, die Luft war erfüllt von Aufregung und Vorfreude.

Als Aelius seinen Streitwagen vorbereitete, fühlte er eine Mischung aus Nervosität und Entschlossenheit. Er blickte zu Lydia in der Menge und schöpfte Mut aus ihrer Anwesenheit.

Lydia sah ängstlich zu, die Hände ineinander verschränkt, und betete im Stillen für Aelius' Sieg. Das Rennen begann, und die Streitwagen donnerten die Strecke hinunter. Aelius steuerte seinen Wagen gekonnt und war trotz des harten Wettkampfs stets konzentriert.

Das Rennen war knapp, aber Aelius' Training machte sich bezahlt. Er überquerte die Ziellinie als Erster, sein Wagen eine Länge vor dem von Decimus.

Als Aelius zum Sieger erklärt wurde, brach die Menge in Jubel aus. Decimus, der seine Niederlage erkannte, gab anmutig nach und sein Zorn verflog angesichts von Aelius' Können.

Lydia stürzte auf Aelius zu, ihr Gesicht leuchtete vor Freude und Erleichterung. Sie warf ihre Arme um ihn und drückte ihn fest an sich. „Du hast es geschafft, Aelius! Ich wusste, dass du es schaffst", rief sie überglücklich aus.

Als Aelius die Umarmung von Lydia spürte, wusste er, dass er mehr als nur ein Rennen gewonnen hatte. Er hatte das Herz der Frau gewonnen, die er liebte, und seinen Wert im Angesicht der Herausforderung bewiesen. Der Sieg war nicht nur im Sport, sondern auch in der Liebe, ein Triumph, der sein Herz mit unbeschreiblicher Freude erfüllte.

1. Anmutig: Gracefully
2. Aufregung: Excitement
3. Beweisen: To Prove

4. Donnern: To Thunder
5. Entschlossenheit: Determination
6. Ereignis: Event
7. Erleichterung: Relief
8. Herausforderung: Challenge
9. Hingabe: Devotion
10. Konfrontiert: Confronted
11. Nervosität: Nervousness
12. Renngelände: Race Course
13. Sieg: Victory
14. Streitwagen: Chariot
15. Vorfreude: Anticipation
16. Wettkampf: Competition
17. Ziellinie: Finish Line

10. Eine erfüllte Liebe

Nach dem aufregenden Rennen spürte Aelius, dass seine Gefühle für Lydia noch stärker wurden. Durch seinen Sieg und die Stärke seiner Liebe ermutigt, traf er eine Entscheidung, die beider Zukunft bestimmen sollte.

Aelius wandte sich an König Markus, um seinen Segen für ihre Verbindung zu erbitten. „Eure Majestät, ich komme mit einer Bitte zu Euch. Ich möchte Lydia heiraten", sagte er in respektvollem, aber hoffnungsvollem Ton.

König Markus, der von Aelius' Tapferkeit gehört und seine aufrichtige Zuneigung zu Lydia gesehen hatte, war beeindruckt. „Aelius, du hast bewiesen, dass du ein Ehrenmann bist. Du hast meinen Segen", antwortete der König herzlich.

Mit dem Einverständnis des Königs plante Aelius einen besonderen Moment, um Lydia einen Antrag zu machen. Er wählte einen wunderschönen Garten in Rom, der mit blühenden Blumen geschmückt und in goldenes Sonnenlicht getaucht war.

Als sie durch den Garten gingen, drehte sich Aelius zu Lydia um, und sein Herz schlug schnell. „Lydia, die letzten Monate waren die glücklichsten meines Lebens. Willst du mich heiraten?", fragte er, und seine Augen leuchteten vor Rührung.

Lydias Gesicht leuchtete vor Freude und sie antwortete mit einem lauten „Ja, Aelius! Es gibt nichts, was ich mir mehr wünsche."

Ihre Verlobung wurde im Kreise von Freunden und Familie bekannt gegeben, was zu einer großen Feier zu ihren Ehren führte. Musik erfüllte die Luft, und das Paar war von Gratulanten und Glückwünschen umgeben.

Aelius und Lydia spürten inmitten der Feierlichkeiten ein überwältigendes Gefühl der Glückseligkeit. Sie begaben sich gemeinsam auf eine neue Reise, ihre Herzen waren voller Liebe und Vorfreude auf die Zukunft.

Gemeinsam begannen sie, ihr Leben zu planen, über ihre Träume und Wünsche zu sprechen. „Unsere Zukunft müssen wir selbst gestalten", sagte Lydia und legte ihre Hand in die von Aelius.

Aelius nahm sich einen Moment Zeit, um über die Reise nachzudenken, die ihn hierher geführt hatte. Im Stillen dankte er Ovids „Ars Amatoria" dafür, dass sie ihn in der Kunst der Liebe angeleitet hatte.

Der Tag ihrer Hochzeit war gekommen, und es war eine große Zeremonie, die der Liebe, die sie teilten, angemessen war. Die Stadt freute sich über ihre Vereinigung und feierte die Liebesgeschichte, die in Rom zu einer beliebten Geschichte geworden war.

Als Aelius und Lydia Hand in Hand zusammenstanden, sahen sie einem lebenslangen Glück entgegen. Ihre Liebe, die inmitten der Herausforderungen und der Schönheit Roms erblüht war, war ein Zeugnis für die dauerhafte Kraft der Liebe.

Ihre Geschichte, eine Mischung aus Romantik, Abenteuer und Schicksal, war nicht nur ihre eigene, sondern wurde zu einer beliebten Erzählung, die andere in Rom dazu inspirierte, an die Magie der Liebe zu glauben.

1. Antrag: Proposal
2. Blühend: Blooming
3. Einverständnis: Consent
4. Erblüht: Blossomed
5. Feierlichkeiten: Celebrations
6. Gefühle: Feelings
7. Glückseligkeit: Bliss
8. Gratulanten: Congratulators
9. Herzen: Hearts
10. Hochzeit: Wedding
11. Lebenslang: Lifelong
12. Planen: To Plan
13. Respektvoll: Respectful
14. Rührung: Emotion
15. Schicksal: Fate
16. Segen: Blessing
17. Tapferkeit: Bravery
18. Träume: Dreams
19. Verbindung: Union
20. Zeremonie: Ceremony

Liebe in London

1. Ein Treffen an der Themse

Emma schlenderte an der ruhigen Themse entlang, während um sie herum das geschäftige Treiben der Stadt herrschte. Sie liebte diese Tageszeit, wenn sich der Himmel orange und rosa färbte. Dann fühlte sich London an, als würde es leuchten.

Als sie weiterging, bemerkte sie einen Künstler mit einer Staffelei, der den Sonnenuntergang malte. Seine Leinwand war voller leuchtender, kräftiger Farben, die die Schönheit des Abendhimmels wiedergaben.

Sie konnte nicht anders, als stehen zu bleiben und ihm beim Malen zuzusehen. „Dein Bild ist wunderschön", sagte Emma und meinte jedes Wort ernst.

Jack sah mit einem Lächeln auf, das seine Augen zum Funkeln brachte. „Danke", antwortete er. „Ich versuche zu zeigen, wie ich unsere schöne Stadt sehe."

Sie unterhielten sich über die Kunst und die kleinen Wunder von London. Emma fand heraus, dass Jack es liebte, Orte zu malen, die Menschen glücklich machten.

Jack mochte Emmas Lachen sehr. Es war leicht und gab ihm ein warmes Gefühl.

„Möchtest du einen Kaffee trinken?", fragte er sie. „Gleich um die Ecke gibt es ein nettes kleines Café."

Im Café saßen sie an einem gemütlichen Tisch am Fenster. Emma erzählte Jack alles über ihren Job in einer Buchhandlung und wie sehr sie es liebte, sich in Geschichten zu verlieren.

Jack freute sich darauf, Emma sein Kunstatelier zu zeigen, in dem er die meiste Zeit seines Tages verbrachte. Es war voll mit Bildern und es roch nach frischer Farbe.

Sie sprachen über ihre Lieblingsbands und die Bücher, die sie liebten. Sie mochten beide alte Rockmusik und klassische Romane.

Als es dunkler wurde, machten sie einen Spaziergang über die Millennium Bridge. Die Lichter der Stadt spiegelten sich auf dem Wasser, so dass es aussah, als ob der Fluss voller Sterne wäre.

Bevor sie sich verabschiedeten, versprachen sie, sich am nächsten Tag zu treffen. Jack sagte, er würde sie gerne wiedersehen, und Emma sah das genauso.

Emma ging mit einem breiten Lächeln im Gesicht nach Hause. Sie war so glücklich, Jack getroffen zu haben. Sie hatte das Gefühl, jemanden gefunden zu haben, der ihre Liebe für die Stadt und die Kunst verstand.

Als sie an diesem Abend im Bett lag, konnte sie den morgigen Tag kaum erwarten. Sie war gespannt, was der Tag mit Jack bringen würde.

1. Buchhandlung: Bookstore
2. Farben: Colors
3. Gefühl: Feeling
4. Gemütlich: Cozy
5. Geschäftig: Bustling
6. Glücklich: Happy
7. Künstler: Artist
8. Leuchtend: Luminous
9. Malen: To Paint
10. Millennium Bridge: Millennium Bridge
11. Rockmusik: Rock Music
12. Romane: Novels
13. Spaziergang: Walk
14. Staffelei: Easel
15. Sterne: Stars
16. Themse: Thames
17. Verabschieden: To Say Goodbye
18. Wunder: Wonders
19. Zuzusehen: To Watch
20. Übernachten: To Spend the Night

2. Regentage, gemütliche Cafés

London war in einen sanften Regen gehüllt, die Straßen glitzerten, als wäre die Stadt poliert worden. Emma betrat das kleine Café, ein Ort der Wärme, weit weg vom kühlen Nieselregen, wo sie Jack mit zwei dampfenden Tassen Tee warten sah.

Sie saßen an ihrem Lieblingstisch am Fenster, der gemeinsame Schirm lehnte sanft an der Wand. „Ich liebe London, sogar im Regen", sagte Emma und schaute auf die Regentropfen, die an der Scheibe herunterliefen.

„Ich auch, vor allem in guter Gesellschaft", antwortete Jack und schenkte ihr ein Lächeln, das an diesem grauen Tag wie Sonnenschein wirkte.

Die Kellnerin brachte Tee und Scones, und der Duft der warmen Leckereien mischte sich mit dem Geruch des Regens auf dem Bürgersteig. Jack erzählte Emma lustige Geschichten aus seiner Woche und brachte sie so sehr zum Lachen, dass sich die anderen Leute im Café nach ihnen umdrehten.

Draußen eilten die Leute unter ihren Regenschirmen vorbei, aber drinnen schien die Zeit für Emma und Jack langsamer zu vergehen. Emma fühlte eine Blase des Glücks, als sie dort mit ihm saß.

Sie unterhielten sich über ihre Lebenswünsche, ihre Hoffnungen und Träume flossen wie der Tee aus ihren Kannen. Das Café umhüllte sie wie eine Decke und gab ihnen das Gefühl, in einer eigenen Welt zu sein.

Ohne dass sie es bemerkten, hatte der Regen aufgehört und die Welt draußen war frisch und sauber. Sie traten hinaus, Hand in Hand, und die Stadt lud sie in ihre frisch gewaschenen Straßen ein.

Bei einem Spaziergang durch das London, das sie beide liebten, schien alles vor Möglichkeiten zu sprühen. Emma spürte ein Flattern in ihrem Herzen, ein Gefühl, dass etwas wirklich Besonderes begann.

1. Bürgersteig: Sidewalk, pavement
2. Duft: Scent
3. Gefühl: Feeling
4. Geschichten: Stories
5. Glitzern: Glisten
6. Herunterlaufen: To Run Down
7. Hoffnungen: Hopes
8. Kannen: Jugs
9. Kellnerin: Waitress
10. Leckereien: Treats
11. Nieselregen: Drizzle
12. Regenschirme: Umbrellas
13. Regentropfen: Raindrops
14. Scones: Scones
15. Spaziergang: Walk
16. Straßen: Streets
17. Tee: Tea
18. Umhüllen: To Envelop
19. Wärme: Warmth
20. Wünsche: Wishes

3. Gemeinsam die Stadt entdecken

Emma freute sich darauf, Jack all die Orte in London zu zeigen, die sie liebte. Sie begannen im Britischen Museum und sahen sich die alten Dinge aus der Geschichte an. „Stell dir vor, all diese Dinge waren vor langer Zeit Teil des Lebens von jemandem", sagte Emma, ihre Stimme war voller Staunen.

„Ja, und jetzt sind wir hier und schreiben unsere eigene Geschichte", antwortete Jack mit einem Grinsen. Sie lachten und machten Grimassen für Fotos neben den großen Statuen.

Als sie durch das Museum gingen, drehte sich Jack zu Emma um. „Ich bin so froh, dass ich dich getroffen habe", sagte er, und seine Augen leuchteten mit etwas, das wie Liebe aussah.

Emmas Wangen färbten sich rosa. „Ich auch", sagte sie und fühlte sich innerlich ganz warm.

Danach gingen sie zum Borough Market. Dort war viel los und es roch nach Lebensmitteln aus der ganzen Welt. Sie probierten einige scharfe und einige süße Sachen und sprachen darüber, welche ihnen am besten schmeckten.

Später stellte Emma Jack ihren Freunden vor. Sie mochten ihn alle sofort. Jack zeichnete sogar eine kurze Zeichnung von Emma auf eine Serviette. Sie lachte und sagte, sie würde es für immer behalten.

Das große Vergnügen des Tages war die Fahrt mit dem London Eye. Emma hatte ein bisschen Angst davor, so hoch zu fahren, aber als sie Jacks Hand hielt, fühlte sie sich mutig. Als sie oben ankamen, konnten sie ganz London überblicken. Es war so schön, dass sie beide das Gefühl hatten, es sei der perfekte Moment für ihren ersten Kuss.

Der Kuss war sanft und süß, und er brachte sie zum Lächeln. Sie hatten das Gefühl, die einzigen beiden Menschen auf der Welt zu sein.

Nach dem London Eye sahen sie sich ein Theaterstück an. Sie saßen in dem dunklen Theater und hörten den Schauspielern zu. Es war, als wären sie Teil einer anderen Welt.

Als der Tag zu Ende war, sagten sie sich gute Nacht und hatten beide das Gefühl, sich schon sehr lange zu kennen, nicht nur ein paar Tage.

Emma ging an diesem Abend mit einem breiten Lächeln im Gesicht ins Bett. Sie dachte an Jacks Kuss und daran, wie sehr sie ihn mochte. Sie konnte es kaum erwarten, ihn wiederzusehen.

1. Färben: To Color
2. Freunde: Friends
3. Gefühl: Feeling
4. Geschichte: History
5. Grimassen: Grimaces
6. Lebensmittel: Foods
7. Mutig: Brave

8. Rosa: Pink
9. Scharf: Spicy
10. Schauspieler: Actors
11. Serviette: Napkin
12. Staunen: Amazement
13. Süß: Sweet
14. Theaterstück: Play
15. Überblicken: To Overlook
16. Vergnügen: Pleasure
17. Zeichnung: Drawing
18. Zuschauen: To Watch

4. Der Funke springt über

Eines Abends nahm Jack Emma zu seiner Kunstausstellung mit. Sie fand in einer hellen Galerie mit vielen Leuten statt. Emma betrachtete Jacks Bilder an den weißen Wänden. Sie war so stolz, mit ihm zusammen zu sein.

„Deine Bilder sind wundervoll, sie sind alle so voller Leben", sagte Emma mit bewundernden Augen.

Jack lächelte nur. Er war froh, dass Emma seine Arbeit mochte.

Jacks Freunde kamen vorbei und sie unterhielten sich alle. Sie mochten Emma auf Anhieb. Sie war lustig und freundlich und erzählte tolle Geschichten über ihre Buchhandlung.

Nach der Show gingen sie alle zusammen essen. Das Essen war gut, und das Lachen war noch besser. Emma hatte das Gefühl, dass sie jetzt ein Teil von Jacks Welt war.

Auf dem Heimweg hörten sie einen Musiker, der auf der Straße Gitarre spielte. Die Musik war sanft und süß. Emma und Jack begannen zu tanzen, direkt auf dem Bürgersteig.

Während sie sich zur Musik wiegten, beugte sich Jack vor und sagte: „Ich könnte ewig mit dir tanzen."

Auch Emmas Herz fühlte sich an, als ob es tanzen würde. Sie war so glücklich.

Sie liefen durch die Straßen von London nach Hause. Die Nacht war dunkel, aber die Lichter der Stadt ließen alles leuchten. Jack legte seinen Arm um Emma, um sie warm zu halten.

Während sie gingen, sprachen sie über die Zukunft. „Wie wäre es, wenn wir zusammen eine Reise machen?" fragte Jack.

„Das würde mir gefallen", sagte Emma und lächelte bei dem Gedanken.

Als sie an Emmas Tür ankamen, wollten sie sich nicht verabschieden. Sie standen nur da und sahen sich an.

„Wir sollten immer ehrlich zueinander sein", sagte Jack ernst.

„Ich verspreche es", sagte Emma, und sie meinte es ernst.

Sie waren beide gespannt, was der nächste Tag bringen würde. Sie sagten sich gute Nacht, und obwohl sie getrennt waren, fühlten sie sich im Herzen nahe.

1. Bewundernd: Admiring
2. Buchhandlung: Bookstore
3. Bürgersteig: Sidewalk
4. Ehrlich: Honest
5. Essen: Food
6. Galerie: Gallery
7. Gedanke: Thought
8. Gitarre: Guitar
9. Herz: Heart
10. Kunstausstellung: Art Exhibition
11. Lachen: Laughter
12. Leuchten: To Shine
13. Lichter: Lights
14. Musiker: Musician
15. Nacht: Night
16. Reise: Trip
17. Straßen: Streets
18. Tanzen: To Dance
19. Verabschieden: To Say Goodbye

5. Der Höhepunkt der Liebe

Emma und Jack trafen sich im grünen Herzen von Hampstead Heath, wo die Aussicht weit und schön war. Sie breiteten eine Decke aus und setzten sich zu einem Picknick mit einfachen Sandwiches und süßen, roten Erdbeeren nieder.

Jack verhielt sich ein wenig geheimnisvoll, was Emma neugierig machte. „Ich habe etwas für dich", sagte er mit einem Zwinkern in den Augen. Er zog ein Gemälde hervor, das mit einem Tuch bedeckt war.

Als Emma das Gemälde sah, machte ihr Herz einen kleinen Tanz. Es war die Themse, der Sonnenuntergang, der Ort, an dem sie sich zum ersten Mal trafen, alles auf einer Leinwand festgehalten. „Oh Jack, es ist wundervoll", keuchte sie und umarmte ihn so fest, dass sie dachte, sie würde ihn nie wieder loslassen.

Sie legten sich zurück auf die Decke, die Hände hinter dem Kopf, und sahen den vorbeiziehenden Wolken zu. „Ich fühle mich dir so nah", gestand Emma, ihre Stimme war ein Flüstern in der Stille um sie herum.

Jack drehte sich um und sah sie an, sein Gesicht war offen und ehrlich. „Ich war noch nie so glücklich", sagte er, und Emma wusste, dass er jedes Wort ernst meinte.

Sie sprachen von Träumen, von fernen Ländern, die sie gemeinsam sehen wollten. Ihre Worte malten Bilder von bevorstehenden Abenteuern.

Dann wurde Jacks Gesicht ernst. Er stand auf und kniete sich dann hin. Emmas Hand flog vor Schreck zu ihrem Mund.

„Emma, wirst du immer bei mir sein?" fragte Jack, seine Stimme war ruhig, aber voller Gefühl.

Emmas Augen füllten sich mit Freudentränen. „Ja", flüsterte sie, „ja, ich will."

Ihr Kuss war wie ein Versprechen, sanft und sicher. Um sie herum war die Heide still, aber in ihrer Welt war alles lebendig und neu.

Die Sonne sank tiefer und tauchte London in goldenes Licht. Sie packten ihr Picknick ein und gingen Hand in Hand, die Stadt um sie herum war nur eine Kulisse für ihre Liebe.

Sie gingen nach Hause, jeder Schritt leichter als der letzte, erfüllt von Gesprächen über das, was kommen würde. Sie waren zusammen, und das war alles, was zählte.

1. Abenteuer: Adventures
2. Decke: Blanket
3. Erdbeeren: Strawberries
4. Ernsthafte: Serious
5. Freudentränen: Tears of Joy
6. Gefühl: Feeling
7. Geheimnisvoll: Mysterious
8. Gemälde: Painting
9. Gespräche: Conversations
10. Hampstead Heath: Hampstead Heath
11. Herz: Heart
12. Knien: To Kneel
13. Kulisse: Backdrop
14. Leinwand: Canvas
15. Neugierig: Curious
16. Picknick: Picnic
17. Sandwiches: Sandwiches
18. Sonnenuntergang: Sunset
19. Themse: Thames
20. Versprechen: Promise

Catullus und Lesbia

1. Das erste Treffen

In einer kleinen, malerischen Stadt in Italien lebte Catullus, ein junger, leidenschaftlicher Dichter. Er fand Freude am Verfassen von Versen über die Liebe und die Schönheit des Lebens. Eines sonnigen Tages beschloss er, über den lebhaften Markt der Stadt zu schlendern. Die Luft war erfüllt von den Geräuschen des Geplauders und dem Duft von frischem Brot und reifem Obst.

Als er weiterging, fiel sein Blick auf Lesbia. Sie stand in der Nähe eines Blumenstandes und ihre hellen Augen funkelten vor Lachen. Ihr Lächeln war warm und einladend, und sie plauderte fröhlich mit ihren Freunden, während sie bunte Blumen aussuchte.

Catullus spürte, wie sich etwas in seinem Herzen regte, als er sie betrachtete. Ihre Schönheit und ihr fröhlicher Geist zogen ihn in ihren Bann. Er nahm seinen Mut zusammen und näherte sich ihr, leicht nervös, aber von ihrem Charme überwältigt.

„Hallo", sagte er schüchtern, „ich bin Catullus. Ich konnte nicht umhin, dich hier zwischen den Blumen zu sehen."

Lesbia drehte sich zu ihm um, ihr Lächeln noch immer präsent. „Hallo, Catullus. Ich bin Lesbia. Gefällt dir der Markt?"

Sie begannen sich zu unterhalten, zuerst über den belebten Markt, dann über die Blumen, die Lesbia in der Hand hielt. Catullus erwähnte seine Liebe zur Poesie, wie sehr er es genoss, Worte zu Gefühlen und Geschichten zu verweben.

„Ich bin ein Dichter", gestand er etwas verschämt. „Worte haben etwas, das mich fasziniert."

Lesbia hörte zu, ihre Augen zeigten echtes Interesse. „Das ist wunderbar. Ich habe schon immer Menschen bewundert, die Kunst schaffen können. Auch ich liebe schöne Dinge. Kunst und Schönheit machen das Leben so viel reicher, finden Sie nicht auch?"

Während sie sprachen, schien sich eine Verbindung zwischen ihnen zu entwickeln, ein unausgesprochenes Verständnis und eine Wertschätzung für die schönen Dinge des Lebens.

Catullus fühlte sich durch diesen Moment inspiriert. „Darf ich dir ein Gedicht schreiben? Gleich hier und jetzt?"

Lesbia nickte, ihre Neugierde war geweckt. Catullus schrieb schnell ein paar Zeilen, jedes Wort sorgfältig ausgewählt, um das Wesentliche ihrer Begegnung zu erfassen. Als er fertig war, las er sie ihr laut vor.

Lesbia lauschte jedem Wort, ihr Lächeln wurde breiter. Das Gedicht, einfach und doch von Herzen kommend, berührte sie. „Das ist wunderschön, Catullus. Du hast wirklich eine Gabe mit Worten."

Sie unterhielten sich noch eine Weile und genossen die Gesellschaft des jeweils anderen. Als sich der Markt zu beruhigen begann, war es an der Zeit, sich zu trennen.

„Möchten Sie sich wiedersehen?" fragte Catullus hoffnungsvoll. „Vielleicht können wir morgen im Park spazieren gehen?"

Das Lächeln von Lesbia war die Antwort, die er brauchte. „Das würde ich sehr gerne, Catullus."

Sie trennten sich mit dem Versprechen auf den morgigen Tag, und beide verspürten eine gewisse Aufregung für das, was kommen würde. Catullus ging mit leichtem Schritt nach Hause, in seinem Kopf sprudelten bereits Worte und Verse, die alle von der schönen Lesbia inspiriert waren.

1. Aufregung: Excitement
2. Begegnung: Encounter
3. Blumenstand: Flower Stand
4. Dichter: Poet
5. Gefühle: Feelings
6. Geist: Spirit
7. Geplauder: Chatter

8. Geschichten: Stories
9. Gesellschaft: Company
10. Herz: Heart
11. Interesse: Interest
12. Kunst: Art
13. Leidenschaftlich: Passionate
14. Lächeln: Smile
15. Markt: Market
16. Neugierde: Curiosity
17. Poesie: Poetry
18. Schönheit: Beauty
19. Spaziergang: Walk
20. Verse: Verses

2. Das Treffen im Park

Catullus wachte mit einer Mischung aus Aufregung und Nervosität auf. Heute würde er Lesbia wiedersehen. Er dachte an ihr letztes Treffen und lächelte. Er wollte diesen Tag zu etwas Besonderem machen und pflückte ein paar der schönsten Blumen, die er finden konnte, in der Hoffnung, ihr ein Lächeln ins Gesicht zu zaubern.

Im Park, unter einer großen, alten Eiche, trafen sie sich. Die Blätter des Baumes raschelten sanft in der Brise und schufen eine friedliche Atmosphäre. Lesbias Augen leuchteten auf, als sie die Blumen sah. „Sie sind wunderschön, Catullus. Vielen Dank", sagte sie, und ihre Stimme war voller Wärme.

Während sie durch den Park spazierten, sprachen sie über ihre Träume und ihre Hoffnungen für die Zukunft. Lesbia sprach von ihrer Liebe zur Kunst und ihrem Wunsch, zu reisen. Catullus erzählte von seinen Ambitionen, ein berühmter Dichter zu werden. Sie stellten fest, dass sie beide davon träumten, mehr von der Welt zu sehen.

Lesbia hörte aufmerksam zu, als Catullus einige seiner neuesten Gedichte vorlas. Seine Worte voller Gefühl und Schönheit zogen sie in ihren Bann. „Deine Gedichte sind wirklich wunderbar,

Catullus. Sie berühren das Herz", sagte sie und ihre Augen leuchteten vor Bewunderung.

Die Nachmittagssonne warf ein goldenes Licht um sie herum, während sie lachten und Geschichten aus ihrer Kindheit erzählten. Sie sprachen über ihre Familien, ihre schönsten Erinnerungen und die kleinen Dinge, die sie glücklich machten. Es war leicht und natürlich, als ob sie sich schon seit Jahren kennen würden.

Als sie am Ufer eines sanften Flusses spazieren gingen, wurden sie von einem Gefühl der Ruhe eingehüllt. Das sanfte Murmeln des Wassers schien ihre wachsende Verbundenheit zu fördern. Catullus, der sich durch Lesbias Anwesenheit inspiriert fühlte, versprach: „Ich werde ein Gedicht für dich schreiben, Lesbia, über diesen schönen Tag und darüber, wie du mich fühlen lässt."

Lesbia errötete leicht und lächelte. „Das würde ich gerne, Catullus. Deine Worte scheinen immer den perfekten Moment einzufangen."

Sie sahen zu, wie die Sonne unterging und den Himmel in Orange- und Rosatönen färbte. Alles fühlte sich heiter und richtig an. Als die Sterne zu erscheinen begannen, beschlossen sie widerwillig, dass es Zeit war, sich zu trennen.

„Wir sollten uns bald wieder treffen", schlug Catullus vor. „Wie wäre es, wenn wir das nächste Mal in das örtliche Café gehen?"

„Das klingt schön", antwortete Lesbia, und ihr Lächeln spiegelte die Freude des Tages wider.

Sie verließen den Park mit glücklichen Herzen und dem Versprechen eines weiteren Treffens. Als Catullus nach Hause ging, fühlte er sich dankbar für die Verbindung, die sie aufgebaut hatten, eine Verbindung, die mit jedem Wort, das sie teilten, stärker zu werden schien.

1. Ambitionen: Ambitions
2. Atmosphäre: Atmosphere
3. Berühren: To Touch
4. Bewunderung: Admiration

5. Blätter: Leaves
6. Eiche: Oak
7. Erinnerungen: Memories
8. Fluss: River
9. Gefühl: Feeling
10. Geschichten: Stories
11. Glücklich: Happy
12. Heiter: Cheerful
13. Hoffnungen: Hopes
14. Kindheit: Childhood
15. Lächeln: Smile
16. Murmeln: Murmuring
17. Nachmittagssonne: Afternoon Sun
18. Pflücken: To Pick
19. Rascheln: Rustling
20. Verbundenheit: Connection

3. Das Café-Gespräch

In einem malerischen Café in einer ruhigen Ecke der Stadt erklang leise Musik, die eine warme und einladende Atmosphäre schuf. Catullus kam früh, sein Herz klopfte mit einer Mischung aus Aufregung und nervöser Erwartung. Er wählte einen Tisch am Fenster, wo das Licht sanft war und der Blick auf die belebte Straße nach draußen reizvoll war.

Lesbia kam herein und erhellte mit ihrer Anwesenheit den Raum. Sie sah so schön aus wie immer, und ihr Lächeln erhellte Catullus' Tag sofort. Sie bestellten Tee, und der Dampf stieg aus ihren Tassen wie kleine Wolkenfetzen auf.

„Ich habe ein neues Gedicht geschrieben", sagte Catullus, in seiner Stimme lag ein Hauch von Stolz und Schüchternheit. „Es handelt von dir, Lesbia."

Ihre Augen funkelten vor Interesse. Während er las, hörte sie ihm aufmerksam zu, wobei ihr Blick nie sein Gesicht verließ. Die Worte flossen, jede Zeile war ein Zeugnis der Gefühle, die er zu verstehen begann. „Das ist so schön, Catullus", sagte sie leise, ihr Herz war von seinen Worten berührt.

Ihr Gespräch verlief mühelos. Sie sprachen über die Bücher, die ihre Fantasie angeregt hatten, und über die Musik, die sie bewegte. Catullus erzählte ihr lustige Anekdoten und brachte sie mit seinen witzigen Erzählungen zum Lachen.

Während sie sich unterhielten, entwickelte sich eine angenehme Nähe zwischen ihnen. Catullus streckte die Hand aus und nahm Lesbias Hand. Sie sah ihn an, ihr Lächeln war warm und beruhigend.

Sie sprachen über Pläne, sich wieder zu treffen, da sie beide gerne mehr Zeit miteinander verbringen wollten. „Ich genieße deine Gesellschaft sehr, Catullus", gestand Lesbia mit aufrichtigen Augen. „Du bringst mich zum Lachen, und ich fühle mich in deiner Nähe so wohl."

Als Catullus dies hörte, verspürte er einen Anflug von Glück. Es war, als ob die Sonne hinter einer Wolke hervorgetreten wäre und seine Welt erhellt hätte. „Ich fühle dasselbe, Lesbia", antwortete er mit ruhiger, aber gefühlvoller Stimme.

Als sie das Café verließen, plauderten sie weiter, ihr Gespräch war leicht und von Lachen erfüllt. Sie schlenderten zusammen, die kühle Abendluft erfrischte sie nach der Wärme des Cafés.

Als Catullus später nach Hause ging, konnte er sich des Gefühls nicht erwehren, dass hier etwas Besonderes geschah. Er begann, sich in Lesbia zu verlieben, und das war sowohl beglückend als auch ein wenig beängstigend. Aber vor allem war es ein Gefühl, das er mit offenem Herzen begrüßte.

1. Anekdoten: Anecdotes
2. Atmosphäre: Atmosphere
3. Beruhigend: Soothing
4. Bücher: Books
5. Café: Café
6. Erhellte: Brightened
7. Erwartung: Expectation
8. Fantasie: Imagination
9. Gefühl: Feeling

10. Geschah: Happened

11. Gespräch: Conversation

12. Herzklopfen: Heartbeat

13. Musik: Music

14. Nähe: Closeness

15. Pläne: Plans

16. Reizvoll: Charming

17. Sanft: Soft

18. Stolz: Pride

19. Tassen: Cups

20. Wolkenfetzen: Wisps of Clouds

4. Ein romantischer Spaziergang

An einem hellen und sonnigen Tag beschlossen Catullus und Lesbia, einen Spaziergang in der schönen Landschaft rund um ihre Stadt zu machen. Der Himmel war strahlend blau, und eine leichte Brise rauschte durch die Bäume und ließ die Blätter sanft tanzen.

Sie schlenderten durch üppige, mit bunten Blumen übersäte Felder und sanfte grüne Hügel. Die natürliche Schönheit des Ortes erfüllte sie mit einem Gefühl von Frieden und Freude. Catullus entdeckte eine schöne Wildblume, pflückte sie und bot sie Lesbia als kleines Zeichen seiner Zuneigung an. Sie nahm sie mit einem Lächeln an und steckte sie sanft hinter ihr Ohr.

Als sie weiterwanderten, entdeckten sie einen kleinen, ruhigen See. Das Wasser war ruhig und spiegelte den klaren Himmel darüber wider. Sie setzten sich an den Rand des Sees und beobachteten eine Entenfamilie, die anmutig über die Wasseroberfläche glitt. Lesbia legte ihren Kopf auf Catulls Schulter, und sie unterhielten sich leise und genossen die Stille des Augenblicks.

Catullus empfand ein tiefes Glücksgefühl, ein Gefühl, dass er genau dort war, wo er hingehörte. Sie drehten sich zueinander, und in einem Moment, der sich wie in der Zeit verschoben anfühlte, gaben sie sich ihren ersten Kuss. Es war ein zärtlicher und magischer Kuss mit dem Versprechen, dass noch viele weitere folgen würden.

Hand in Hand setzten sie ihren Spaziergang fort. Die Verbindung zwischen ihnen vertiefte sich mit jedem Schritt. „Ich fühle mich wie in einem Traum", gestand Catullus, dessen Stimme von Verwunderung erfüllt war.

Als der Tag sich dem Abend zuneigte, gaben sie sich das Versprechen, immer ehrlich und freundlich zueinander zu sein. Sie gelobten, das besondere Band, das zwischen ihnen wuchs, zu pflegen.

Als es schließlich dunkel wurde, legten sie sich auf einen weichen Fleck im Gras und beobachteten die Sterne, die am dunklen Himmel auftauchten. Die Sterne funkelten wie winzige Diamanten und bildeten die perfekte Kulisse für das Ende eines wunderschönen Tages.

Dort liegend, unter dem weiten Nachthimmel, fühlten sie beide ein überwältigendes Gefühl der Verbundenheit und Liebe. Es war die Art von Liebe, über die Dichter schreiben, tief und wahr. Als sie zu den Sternen hinaufblickten, wussten sie, dass das, was sie teilten, etwas Außergewöhnliches war.

1. Bäume: Trees
2. Blätter: Leaves
3. Entenfamilie: Duck Family
4. Felder: Fields
5. Fleck: Spot
6. Freude: Joy
7. Glücksgefühl: Feeling of Happiness
8. Gras: Grass
9. Hügel: Hills
10. Kuss: Kiss
11. Landschaft: Landscape
12. Nachthimmel: Night Sky
13. Rauschen: Rustling
14. See: Lake
15. Spaziergang: Walk
16. Sterne: Stars
17. Verbundenheit: Connectedness

18. Versprechen: Promise
19. Wasseroberfläche: Water Surface
20. Wildblume: Wildflower

5. Ein Missverständnis

Eines Tages drang ein beunruhigendes Gerücht an Catulls Ohren. Er hörte Geflüster, dass Lesbia in Begleitung eines anderen Mannes gesehen worden war. Sein Herz sank vor Sorge und Verwirrung. Der Gedanke, dass Lesbia sich für einen anderen Mann interessieren könnte, beunruhigte ihn.

Entschlossen, die Wahrheit zu erfahren, beschloss Catullus, Lesbia direkt anzusprechen. Sie vereinbarten, sich in ihrem Lieblingspark zu treffen, einem Ort, der ihnen schon immer etwas bedeutet hatte. Als Catullus dort ankam, war sein übliches strahlendes Lächeln verschwunden. Sein Gesicht war von Traurigkeit umwölkt, ein krasser Gegensatz zu dem sonnigen Tag.

Lesbia, die für seine Stimmung empfänglich war, spürte sofort, dass etwas nicht stimmte. „Catullus, was ist los?", fragte sie mit deutlicher Sorge in der Stimme.

Schweren Herzens brachte Catullus das Gerücht zur Sprache. „Lesbia, ich habe etwas gehört, das mich beunruhigt. Man sagt, du wurdest mit einem anderen Mann gesehen..."

Lesbia hörte ruhig zu und erklärte dann schnell. „Oh, Catullus, das war nur mein Cousin. Er ist von außerhalb der Stadt zu Besuch. Es gibt keinen Grund zur Sorge."

Als Catullus ihre Erklärung hörte, fühlte er eine Welle der Erleichterung über sich kommen. Allerdings wurde er das Gefühl der Verlegenheit nicht los, weil er an ihr gezweifelt hatte. „Es tut mir leid, Lesbia. Ich hätte dir vertrauen sollen", sagte er mit einem Ausdruck des Bedauerns in der Stimme.

Lesbia nahm seine Hände in die ihren, ihre Augen trafen die seinen. „Catullus, ich verstehe dich. Es ist ganz natürlich, sich Sorgen zu machen. Aber du musst wissen, dass meine Gefühle nur für dich gelten."

Sie sprachen ausführlich über die Bedeutung von Vertrauen und Verständnis in ihrer Beziehung. Catullus entschuldigte sich aufrichtig für seinen Fehler, und Lesbia versicherte ihm mit einem verzeihenden Herzen ihre unerschütterliche Zuneigung.

Sie waren sich einig, dass eine offene Kommunikation der Schlüssel zum Erfolg ist, und versprachen, alle Sorgen und Zweifel, die sie in Zukunft haben könnten, immer zu besprechen. Dieser Vorfall war zwar beunruhigend, hat aber letztlich das Band zwischen ihnen gestärkt.

Als sie Hand in Hand den Park verließen, schien die Luft klarer und die Sonne ein wenig heller zu scheinen. Sie beendeten den Tag mit einer herzlichen Umarmung, und jeder war dankbar für das Verständnis und die Liebe des anderen. Das Missverständnis war eine Prüfung gewesen, aber ihre Beziehung war daraus gestärkt hervorgegangen.

1. Beunruhigend: Disturbing
2. Empfänglich: Receptive
3. Erklärung: Explanation
4. Geflüster: Whispering
5. Gerücht: Rumor
6. Herzens: Of Heart
7. Krass: Stark
8. Missverständnis: Misunderstanding
9. Sorge: Concern
10. Traurigkeit: Sadness
11. Umarmung: Hug
12. Unerschütterlich: Unwavering
13. Verlegenheit: Embarrassment
14. Verständnis: Understanding
15. Vertrauen: Trust
16. Welle: Wave
17. Zweifel: Doubt
18. Zuneigung: Affection
19. Üblich: Usual

6. Ein besonderer Tag

Catullus hatte schon seit Wochen eine Überraschung für Lesbias Geburtstag geplant. Er wollte ihr das Gefühl geben, etwas Besonderes zu sein und genauso geliebt zu werden, wie er sich von ihr fühlen ließ. In den frühen Morgenstunden verfasste er ein wunderschönes Gedicht, in dem jedes Wort von seiner tiefen Zuneigung zu ihr zeugt.

Er suchte auch ein kleines, aufmerksames Geschenk aus und verpackte es sorgfältig. Als er es Lesbia überreichte, erhellte sich ihr Gesicht vor Überraschung und Freude. „Catullus, das ist wunderbar! Vielen Dank", rief sie aus und ihre Augen funkelten vor Glück.

Sie beschlossen, den Tag damit zu verbringen, Orte zu besuchen, die Lesbia liebte. Catullus wollte, dass es an diesem Tag nur um sie, ihre Interessen und ihre Freuden ging. Als sie durch die Stadt gingen, erfüllte Lesbias Lachen die Luft und trug zur Fröhlichkeit des Tages bei.

In einem kleinen, gemütlichen italienischen Restaurant genossen sie ein köstliches Mittagessen. Das Essen war köstlich, und das Ambiente war perfekt für eine Geburtstagsfeier. Während des Essens unterhielten sie sich über ihre Zukunftspläne und Träume, und ihr Gespräch verlief so leicht wie der Wein.

Während sie sich unterhielten, spürte Catullus eine tiefe Gewissheit in seinem Herzen. Er wusste, dass er für immer mit Lesbia zusammen sein wollte, um an all ihren zukünftigen Geburtstagen und alltäglichen Momenten dazwischen teilzuhaben.

Nach dem Mittagessen besuchten sie eine Kunstgalerie. Sie schlenderten durch die Räume, bewunderten die Gemälde und Skulpturen und diskutierten über ihre Lieblingsstücke. Die Kunst, schön und zeitlos, schien die Schönheit ihrer wachsenden Beziehung widerzuspiegeln.

Als sich der Tag dem Ende zuneigte, wandte sich Lesbia an Catullus, ihre Augen voller Dankbarkeit. „Das war der schönste Geburtstag aller Zeiten, Catullus. Du hast mir das Gefühl gegeben, geliebt und geschätzt zu werden."

Der Abend endete damit, dass sie sich in einem örtlichen Theater ein romantisches Stück ansahen. Die Geschichte über Liebe und Hingabe spiegelte ihre eigenen Gefühle wider und machte das Erlebnis noch besonderer.

Im sanften Schein des Mondlichts küssten sie sich leidenschaftlich, während die Welt um sie herum zur Bedeutungslosigkeit verblasste. Es war ein perfekter Moment, voller Liebe und Versprechen.

Mit sanfter, aufrichtiger Stimme flüsterte Lesbia: „Ich liebe dich, Catullus". Als Catullus diese Worte hörte, empfand er ein überwältigendes Glücksgefühl. Er war der glücklichste Mann der Welt, geliebt von der Frau, die sein Herz erobert hatte.

1. Ambiente: Ambiance
2. Aufmerksam: Attentive
3. Bedeutungslosigkeit: Insignificance
4. Erhellte: Brightened
5. Geburtstag: Birthday
6. Gefühl: Feeling
7. Gewissheit: Certainty
8. Glücksgefühl: Feeling of Happiness
9. Herz: Heart
10. Hingabe: Devotion
11. Köstlich: Delicious
12. Leidenschaftlich: Passionate
13. Mittagessen: Lunch
14. Mondlicht: Moonlight
15. Räume: Rooms
16. Skulpturen: Sculptures
17. Theater: Theater
18. Überraschung: Surprise
19. Verblasste: Faded
20. Zukunftspläne: Future Plans

7. Eine große Geste

Catullus, der ein Herz voller Liebe und einen Geist voller Kreativität hatte, beschloss, dass es an der Zeit war, seine tiefe Liebe zu Lesbia mit einer großen Geste auszudrücken. Er wollte, dass die Welt erfährt, wie viel sie ihm bedeutete. Er plante eine Dichterlesung auf dem belebten Marktplatz der Stadt, dem Ort, an dem ihre Liebe während ihrer vielen Begegnungen aufgeblüht war.

Er verschickte Einladungen an die ganze Stadt und sorgte dafür, dass Lesbia eine besondere Einladung erhielt. Der Platz war mit glitzernden Lichtern und leuchtenden Blumen geschmückt und bot einen zauberhaften und romantischen Rahmen.

Als der Tag der Veranstaltung näher rückte, versammelten sich Menschen aus der ganzen Umgebung, deren Aufregung in der Luft spürbar war. Sie waren gespannt auf die Gedichte von Catullus, dessen Worte viele Herzen berührt hatten.

Catullus, der in der Mitte des Platzes stand, fühlte eine Mischung aus Nervosität und Entschlossenheit. Er räusperte sich und begann zu lesen, seine Stimme war kräftig und klar. Jedes Gedicht, das er vortrug, war voller Emotionen und malte Bilder von Liebe, Sehnsucht und Glück.

Das Publikum lauschte gebannt seinen zu Herzen gehenden Worten. Sie waren bewegt von der Leidenschaft und Aufrichtigkeit in seiner Stimme, und jeder fühlte sich auf seine Weise mit den Gedichten verbunden.

Schließlich war der Moment gekommen, in dem Catullus das besondere Gedicht vortrug, das er für Lesbia geschrieben hatte. Es war ein Gedicht, das seine Seele entblößte. Er drückte seine tiefe Liebe und seinen Wunsch aus, sein Leben lang mit ihr zusammen zu sein. Seine Worte flossen wie ein sanfter Fluss, voller Liebe und Versprechen.

Lesbia, die in der Menge stand, spürte, wie sich ihre Augen mit Tränen füllten. Sie war zutiefst berührt von der Tiefe seiner Liebe, jedes Wort klang in ihrem Herzen nach.

Als Catullus geendet hatte, brach die Menge in Jubel und Beifall aus, ihr Klatschen hallte über den Platz. Die Luft war erfüllt von Freude und Bewunderung für den Dichter und seine Muse.

Mit einem Herzen voller Liebe schritt Catullus durch die Menge auf Lesbia zu. Er nahm ihre Hand in die seine, seine Augen waren auf die ihren gerichtet. „Lesbia, willst du für immer bei mir sein?", fragte er mit einer Stimme voller Hoffnung und Liebe.

Lesbia, überwältigt von ihren Gefühlen, lächelte durch ihre Tränen hindurch und flüsterte: „Ja, Catullus, ja!"

Sie umarmten sich, und ihr Kuss besiegelte ihre Liebe inmitten des Jubels und Klatschens der Menge. Es war ein Moment reiner Freude und Liebe, ein perfekter Höhepunkt ihrer gemeinsamen Reise. Der Stadtplatz, einst nur ein einfacher Teil ihrer Stadt, war nun zu einem Symbol ihrer Liebe geworden, ein Ort, an dem sich zwei Herzen auf die schönste Art und Weise vereint hatten.

1. Aufregung: Excitement
2. Begegnungen: Encounters
3. Beifall: Applause
4. Berührt: Touched
5. Blumen: Flowers
6. Dichterlesung: Poetry Reading
7. Einladungen: Invitations
8. Entblößte: Bared
9. Entschlossenheit: Determination
10. Freude: Joy
11. Gedicht: Poem
12. Glitzernd: Glittering
13. Jubel: Jubilation
14. Klatschen: Clapping
15. Leuchtend: Luminous
16. Marktplatz: Marketplace
17. Nervosität: Nervousness
18. Räuspern: Clearing Throat
19. Sehnsucht: Longing
20. Versammelten: Gathered

Romeo und Julia

1. Die Party

In der schönen Stadt Verona, Italien, gab es zwei bedeutende Familien: die Montagues und die Capulets. Sie waren beide reich und mächtig, aber sie mochten sich überhaupt nicht.

Romeo Montague war ein junger Mann aus der Familie Montague. Er war freundlich, hatte ein hübsches Gesicht und ein sanftes Herz. Julia Capulet, ein Mitglied der Familie Capulet, war für ihre Schönheit und Anmut bekannt.

Eines Abends veranstalteten die Capulets ein großes Fest in ihrem großen, eleganten Haus. Das Haus war mit hellen Lichtern und bunten Blumen geschmückt. Es war ein Fest für die Augen.

Romeo und seine Freunde, die voller Aufregung und Neugierde waren, beschlossen, heimlich zur Party zu gehen. Sie trugen Masken, um ihre Identitäten zu verbergen.

Als Romeo auf der Party ankam, sah er Julia am anderen Ende des Raumes. Sie war wie ein heller Stern am Nachthimmel. Ihre Blicke trafen sich, und beide spürten eine starke, unmittelbare Verbindung.

Romeo ging zu Julia hinüber, sein Herz schlug schnell. „Hallo", sagte er leise. „Ich habe noch nie jemanden gesehen, der so schön ist wie du."

Julia errötete und lächelte. „Danke", antwortete sie. Sie kamen ins Gespräch und merkten bald, dass sie viele Interessen teilten.

Als sie sich unterhielten, war es, als ob sie sich schon lange kennen würden. Sie erlebten einen romantischen Moment, schauten sich in die Augen und vergaßen die Welt um sich herum.

Doch dann sah Tybalt, Julias Cousin, Romeo. Er erkannte Romeo als einen Montague und war voller Zorn. „Warum ist ein Montague hier?", dachte er.

Tybalt erzählte Lord Capulet von Romeo. Doch Lord Capulet, der keinen Ärger auf seiner Party wollte, forderte Tybalt auf, Romeo in Ruhe zu lassen.

Im Laufe der Nacht erfuhr Romeo, dass Julia eine Capulet war. Julia fand heraus, dass Romeo ein Montague war. Sie waren beide schockiert, konnten aber ihre wachsenden Gefühle füreinander nicht unterdrücken. Obwohl sie wussten, dass ihre Familien verfeindet waren, fühlte sich ihre Liebe stärker an als jede Fehde. Sie wussten, dass dies der Beginn von etwas Besonderem war.

Als die Party zu Ende war, gingen Romeo und Julia getrennte Wege. Aber sie lagen beide in dieser Nacht wach und dachten aneinander und an den magischen Abend, den sie miteinander verbracht hatten.

1. Anmut: Grace
2. Auseinander: Apart
3. Blicke: Glances
4. Capulet: Capulet
5. Erröten: To Blush
6. Familien: Families
7. Fehde: Feud
8. Gefühle: Feelings
9. Identitäten: Identities
10. Interessen: Interests
11. Julia: Julia
12. Masken: Masks
13. Montague: Montague
14. Nachthimmel: Night Sky
15. Romantisch: Romantic
16. Schockiert: Shocked
17. Verbergen: To Hide
18. Zorn: Anger

2. Die Balkonszene

Nach der Party konnte Romeo nicht aufhören, an Julia zu denken. Ihr Bild ging ihm nicht mehr aus dem Kopf, und ihre Stimme hallte in seinen Ohren wider.

In einem kühnen Schachzug schlich er sich heimlich in den Garten der Capulets. Es war eine wunderschöne Nacht, in der der Mond hell schien und die Sterne funkelten.

Julia, die nicht schlafen konnte, trat auf ihren Balkon hinaus. Sie betrachtete die Sterne, ihre Gedanken kreisten um Romeo. „Oh Romeo", flüsterte sie zu sich selbst, „warum musst du ein Montague sein?"

Romeo versteckte sich in den Schatten und hörte sie. Sein Herz setzte einen Schlag aus. Er atmete tief durch, trat in das Mondlicht und rief leise: „Julia!"

Erschrocken blickte Julia nach unten und sah Romeo. „Romeo! Was machst du denn hier? Es ist so gefährlich!"

Sie unterhielten sich, ihre Worte flossen leicht. Romeo erklärte seine Liebe zu ihr, und Julia gestand, dass sie dasselbe fühlte. „Ich habe nie an die Liebe auf den ersten Blick geglaubt, bis ich dich traf", sagte Romeo.

Julia war zwar überglücklich, machte sich aber auch Sorgen. „Aber was ist, wenn unsere Familien es herausfinden? Sie werden uns niemals erlauben, zusammen zu sein."

Romeo hielt ihren Blick fest. „Unsere Liebe ist stärker als ihr Hass. Wir müssen diese Chance nutzen."

Voller Emotionen schlug Romeo vor: „Lass uns heiraten, Julia. Lass uns der Welt zeigen, dass unsere Liebe jedes Hindernis überwinden kann."

Julia war überrascht, aber ihr Herz wusste, dass es richtig war. „Ja, Romeo, ich will dich heiraten", antwortete sie mit einer Stimme voller Liebe.

Sie planten, dass Romeo am nächsten Tag die Nachricht von ihrer Heirat übermitteln würde. Ihre Herzen waren voller Hoffnung und Aufregung.

Als sie sich gute Nacht sagten, fiel es ihnen schwer, sich zu trennen. „Ich wünschte, ich könnte für immer bei dir bleiben", sagte Romeo.

In diesem Moment rief Julias Krankenschwester sie herein und unterbrach den Moment. „Ich muss gehen", sagte Julia widerstrebend. Romeo verließ den Garten, sein Herz war leicht und voller Glück. Er blickte zurück auf den Balkon, wo sie ihr Liebesgelübde abgelegt hatten.

In dieser Nacht lagen sowohl Romeo als auch Julia in ihren Betten und träumten von einer gemeinsamen Zukunft, einer Zukunft voller Liebe und Glück. Die Nacht endete mit ihren Herzen voller Hoffnung auf das, was noch kommen sollte.

1. Balkon: Balcony
2. Erschrocken: Startled
3. Flüsterte: Whispered
4. Gefährlich: Dangerous
5. Gemeinsam: Together
6. Glück: Happiness
7. Heiraten: To Marry
8. Hoffnung: Hope
9. Krankenschwester: Nurse
10. Liebe: Love
11. Mondlicht: Moonlight
12. Nachts: At Night
13. Romeo: Romeo
14. Schatten: Shadows
15. Sorgen: Worries
16. Sterne: Stars
17. Übermitteln: To Convey
18. Versteckte: Hid
19. Widerstrebend: Reluctantly

3. Die geheime Ehe

Am nächsten Morgen eilte Romeo mit dem ersten Licht der Morgendämmerung zu Bruder Lawrence. Er war von einer Mischung aus Aufregung und Entschlossenheit erfüllt.

Als Romeo den Mönch trifft, teilt er ihm sein Herz mit. „Bruder, ich bin sehr verliebt in Julia Capulet und möchte sie heiraten.”

Bruder Lawrence war über diese plötzliche Nachricht erstaunt, sah aber die Aufrichtigkeit in Romeos Augen. „Ich hoffe, dass diese Vereinigung den Montagues und Capulets endlich Frieden bringen wird”, sagte er nachdenklich.

In der Zwischenzeit schickte Julia ihre vertrauenswürdige Amme, um sich mit Romeo zu treffen.

Sie wartete ängstlich, ihr Herz flatterte vor Erwartung. Die Amme traf Romeo, der ihr eifrig den Plan für ihre heimliche Hochzeit erklärte. „Bitte sagen Sie Julia, dass ich sie in Bruder Lawrence' Haus treffen werde”, sagte er mit einem hoffnungsvollen Lächeln.

Als Julia die Nachricht hörte, fühlte sie einen Anflug von Aufregung und Nervosität. „Es ist wirklich so weit”, dachte sie.

Im Geheimen, in der bescheidenen Kapelle von Bruder Lawrence, trafen sich Romeo und Julia. Ihre Blicke trafen sich, voller Liebe und Versprechen.

Bruder Lawrence traute sie mit ein paar einfachen, aber tiefgründigen Worten. „Mit dieser Vereinigung möge eure Liebe erblühen und Frieden bringen”, sagte er.

Romeo und Julia, nun Mann und Frau, waren überglücklich. Sie glaubten, ihre Liebe könne den Hass zwischen ihren Familien überwinden.

Sie wussten, dass sie ihre Ehe vorerst geheim halten mussten, ein verborgenes Licht in ihren Herzen.

Die Frischvermählten verbrachten ein paar kostbare Momente miteinander und sonnten sich in ihrer Liebe. Sie hielten einander fest und flüsterten süße Versprechen.

Sie nahmen sich vor, sich bald wieder zu treffen, denn der Gedanke, getrennt zu sein, schmerzte ihre Herzen.

Als sie sich verabschiedeten, lag ein Gefühl der Unsicherheit in der Luft. Sie wussten nicht, was die Zukunft bringen würde, aber ihre Liebe gab ihnen Kraft.

Ihre heimliche Ehe war ein Leuchtfeuer der Hoffnung, ein Traum, an den sie sich klammerten, als sie sich trennten. Die Welt da draußen wusste nichts von der Liebe, die in der stillen Kapelle geschworen worden war.

1. Amme: Nurse
2. Aufrichtigkeit: Sincerity
3. Bruder: Brother (referring to a monk)
4. Ehe: Marriage
5. Erblühen: To Blossom
6. Frischvermählten: Newlyweds
7. Geheim: Secret
8. Heimlich: Secretly
9. Hochzeit: Wedding
10. Kapelle: Chapel
11. Leuchtfeuer: Beacon
12. Morgendämmerung: Dawn
13. Nervosität: Nervousness
14. Trauen: To Marry
15. Unsicherheit: Uncertainty
16. Verabschiedeten: Said Goodbye
17. Vereinigung: Union
18. Versprechen: Promises
19. Warten: To Wait
20. Zusammen: Together

4. Ärger und Verbannung

Am nächsten Tag fiel ein Schatten auf das neu gefundene Glück von Romeo und Julia. Tybalt, Julias Cousin, ist wütend über Romeos Anwesenheit auf der Capulet-Party und sucht Romeo zum Kampf auf.

Romeo, der nun heimlich mit Julia verheiratet und somit mit Tybalt verwandt ist, weigert sich zu kämpfen. Er versuchte, Tybalt zu beruhigen, indem er sagte: „Ich habe keinen Streit mit dir, Tybalt. Lass uns unsere Schwerter weglegen."

Doch Mercutio, Romeos treuer und hitzköpfiger Freund, konnte nicht tatenlos zusehen. Er trat vor und forderte Tybalt heraus. „Wenn Romeo nicht gegen dich kämpft, werde ich es tun!"

Sie lieferten sich ein heftiges Duell, bei dem Tybalt auf tragische Weise Mercutio tötete. Romeo, von Trauer und Wut gepackt, konnte sich nicht länger zurückhalten. Er stellte sich Tybalt entgegen, und ihre Schwerter trafen in den Straßen von Verona aufeinander.

In der Hitze des Gefechts verwundet Romeo Tybalt tödlich. Die Straßen von Verona verstummten, als Tybalt fiel. Als der Fürst von Verona die Nachricht hörte, kam er schnell herbei. Als er das Chaos und den Verlust von Menschenleben sah, erklärte er: „Romeo, für diesen Akt der Gewalt wirst du aus Verona verbannt!"

Julia, die in ihrem Zimmer saß, hörte die schreckliche Nachricht. Tränen füllten ihre Augen, als sie vom Tod ihres Cousins und der Verbannung Romeos erfuhr. Ihr Herz war zerrissen - sie trauerte um ihren Cousin und fürchtete um Romeo.

Romeo, der am Boden zerstört war, suchte Zuflucht bei Bruder Lawrence. Er war untröstlich, nicht nur über den Verlust seines Freundes, sondern auch darüber, dass er von seiner geliebten Julia weggerissen wurde.

Bruder Lawrence, der Romeos Verzweiflung sah, riet ihm: „Geh heute Nacht zu Julia. Sei bei ihr, und bei Tagesanbruch reise nach Mantua."

In dieser Nacht, im Schutze der Dunkelheit, trafen sich Romeo und Julia. Ihr Wiedersehen war bittersüß, erfüllt von Liebe und dem Schmerz der bevorstehenden Trennung.

„Wir werden einen Weg finden, wieder zusammen zu sein", versprach Romeo und hielt Julia fest.

Als das erste Licht der Morgendämmerung in den Himmel kroch, bereitete sich Romeo auf die Abreise nach Mantua vor. Ihr Abschied war von Tränen und geflüsterten Versprechen ewiger Liebe geprägt.

Romeo ließ Julia zurück und machte sich auf den Weg nach Mantua, sein Herz war schwer vor Kummer. Julia sah ihm nach und ihr Herz brach. Die Liebe, die ihnen so viel Freude bereitet hatte, verursachte nun einen Schmerz, der unerträglich zu sein schien.

Ihre Herzen klammerten sich an die Hoffnung auf ein Wiedersehen, aber die Ungewissheit über die Zukunft war groß, als Romeo im Morgennebel verschwand.

5. Ein Plan zur Wiedervereinigung

In den Tagen nach Romeos Abreise nimmt das Leben von Julia eine weitere unerwartete Wendung. Ihre Eltern, die nichts von ihrer heimlichen Heirat wussten, beschlossen, dass sie Paris, einen wohlhabenden und angesehenen Adligen, heiraten sollte.

Julia, schockiert und verzweifelt, lehnt ab. „Ich kann Paris nicht heiraten. Ich liebe ihn nicht", flehte sie.

Ihre Eltern waren jedoch fest entschlossen. Sie bestehen auf der Heirat und können Julias Widerstand nicht verstehen.

Julia fühlte sich gefangen und verzweifelt und suchte die Hilfe von Bruder Lawrence. „Bruder, bitte, du musst mir helfen. Ich kann keinen anderen heiraten, wenn mein Herz Romeo gehört", fleht sie.

Bruder Lawrence, zutiefst besorgt, ersann einen riskanten Plan. „Julia, ich habe einen Trank, der dir helfen kann. Er wird dich für

42 Stunden tot erscheinen lassen." Julia hörte zu, ihr Herz klopfte mit einer Mischung aus Angst und Hoffnung. „Was dann, Bruder?", fragte sie ängstlich.

„Nach 42 Stunden wirst du aufwachen. Der Plan sieht vor, dass Romeo heimlich zurückkehrt und dich nach Mantua entführt", erklärt Bruder Lawrence.

Julia, die keine andere Möglichkeit sieht, die Heirat mit Paris zu vermeiden, und verzweifelt ist, sich wieder mit Romeo zu vereinen, stimmt dem Plan zu.

In dieser Nacht nahm Julia mit zitternder Hand den Trank und trank ihn. Innerhalb weniger Augenblicke fiel sie in einen tiefen, todesähnlichen Schlaf.

Als ihre Familie am nächsten Morgen ihren leblosen Körper fand, war sie von Trauer ergriffen. Sie glaubten, sie sei tot und begannen mit den Vorbereitungen für ihre Beerdigung.

In der Zwischenzeit schickte Bruder Lawrence eine Nachricht an Romeo in Mantua, um ihn über den Plan zu informieren. Doch das Schicksal griff ein, und die Nachricht erreichte Romeo nie.

In Mantua erfuhr Romeo die tragische Nachricht von jemand anderem. „Julia ist tot", sagten sie, ohne von dem Plan des Bruders zu wissen.

Romeo, untröstlich und verzweifelt, fasst einen Entschluss, der von seinem überwältigenden Kummer getrieben wird. „Ich muss nach Verona zurückkehren. Ich muss Julia ein letztes Mal sehen", erklärte er.

Im Schutze der Nacht machte er sich auf den Weg zurück nach Verona, sein Herz war schwer vor Kummer und er wusste nichts von dem Plan des Bruders und der Hoffnung, die noch bestand.

1. Abreise: Departure
2. Duell: Duel
3. Fürst: Prince, lord
4. Gefecht: Combat

5. Geliebte: Beloved
6. Hitzköpfiger: Hot-headed
7. Kummer: Grief
8. Mantua: Mantua
9. Morgendämmerung: Dawn
10. Morgennebel: Morning Fog
11. Schmerz: Pain
12. Schwerter: Swords
13. Straßen: Streets
14. Tatenlos: Idly
15. Trauer: Grief
16. Treuer: Loyal
17. Tränen: Tears
18. Ungewissheit: Uncertainty
19. Verbannt: Banished

6. Romeo kehrt nach Verona zurück

Im Schutze der Dunkelheit kehrte Romeo traurig nach Verona zurück. Die Straßen waren still, was die Schwere in seinem Herzen noch verstärkte.

Er erreichte die Gruft der Capulets, in der Julia lag. Der Mond warf ein gespenstisches Licht über den Friedhof und machte die Szene noch düsterer.

Am Grab fand Romeo Paris, der um Julia trauerte. Als Paris Romeo sah, wurde er wütend und dachte, er sei gekommen, um Julias Andenken zu entehren.

Aus Kummer und Missverständnis entbrennt ein Kampf zwischen ihnen. In diesem Kampf verwundet Romeo, von seinen Gefühlen überwältigt, Paris tödlich.

Nach dem tragischen Kampf betrat Romeo die Gruft. Dort sah er Julia, die aussah, als würde sie schlafen, und doch so still war. „Oh, Julia, warum hast du mich verlassen?", rief er leise.

In dem Glauben, sie sei wirklich tot, holte Romeo das Gift heraus, das er zuvor in Mantua gekauft hatte. „Ich kann nicht in einer Welt ohne dich leben, Julia", flüsterte er.

Mit einem letzten Blick auf Julia, trank Romeo das Gift. Er legte sich neben sie und schloss ein letztes Mal die Augen.

Stunden später rührte sich Julia. Die Wirkung des Trankes hatte nachgelassen. Als sich ihre Augen an das schwache Licht gewöhnten, sah sie Romeo neben sich liegen.

Ihr Herz erfüllte sich für einen kurzen Moment mit Freude, die aber schnell in Entsetzen umschlug, als sie merkte, dass er nicht atmete. „Romeo, nein!", schrie sie auf.

In verzweifelter Hoffnung küsste sie seine Lippen und wünschte, das Gift würde auch ihr Leben nehmen. Aber es war zu spät; das Gift hatte seine Wirkung getan.

Als Julia erkannte, dass es keinen anderen Weg gab, sich ihrer Liebe anzuschließen, nahm sie den Dolch von Romeo. „Ich werde im Tod bei dir sein, mein Geliebter", sagte sie und Tränen liefen über ihr Gesicht.

Mit zitternder Hand nahm sich Julia das Leben und begleitete Romeo in die ewige Ruhe.

Am nächsten Morgen kommt Bruder Lawrence zum Grab und hofft, Julia wach vorzufinden. Stattdessen fand er sowohl Romeo als auch Julia leblos vor. Ihr tragisches Schicksal war durch eine Reihe herzzerreißender Missverständnisse besiegelt.

Die Morgendämmerung brach über Verona herein und warf Licht auf die Tragödie, die sich in der Dunkelheit abgespielt hatte. Die Geschichte von der Liebe und dem Tod von Romeo und Julia sollte bald zu einer Geschichte des Unglücks für ganz Verona werden.

1. Andenken: Memory
2. Dolch: Dagger
3. Entehren: To Dishonor
4. Entsetzen: Horror
5. Friedhof: Cemetery
6. Gruft: Tomb
7. Herzzerreißend: Heartbreaking

8. Kampf: Fight
9. Kummer: Sorrow
10. Leblos: Lifeless
11. Missverständnis: Misunderstanding
12. Morgendämmerung: Dawn
13. Paris: Paris
14. Schwere: Heaviness
15. Tot: Dead
16. Tragisch: Tragic
17. Trank: Potion
18. Unglück: Misfortune
19. Verstärkte: Intensified
20. Zitternd: Trembling

7. Das tragische Ende

Als die Morgensonne über Verona aufging und ihr Licht auf das Grab der Capulets warf, lag ein schwerer Hauch von Trauer über der Stadt. Bruder Lawrence erzählte den Montagues und den Capulets die tragische Geschichte, und das Herz war voller Trauer.

Der Fürst von Verona, der am Ort des Geschehens angekommen war, betrachtete die jungen Liebenden mit tiefer Traurigkeit. „So eine Verschwendung von jungen Leben", klagte er.

Als sich die Einzelheiten der Geschichte entfalteten, sahen die beiden Familien das verheerende Ergebnis ihrer langjährigen Fehde. Lord Montague und Lord Capulet standen Seite an Seite, ihre Augen voller Bedauern und Trauer.

Die Tiefe ihres Kummers ließ sie die Sinnlosigkeit ihres Hasses erkennen. „Unsere sinnlose Fehde hat uns das Leben dieser unschuldigen Kinder gekostet", stimmten sie überein, ihre Stimmen schwer von Reue.

In diesem Moment beschlossen sie, ihre Kämpfe zu beenden. „Kein Blutvergießen mehr", schworen sie, „in Erinnerung an Romeo und Julia".

Zu Ehren der jungen Verliebten wollten sie in Verona goldene Statuen von Romeo und Julia aufstellen. „Diese Statuen sollen an ihre Liebe und unsere Torheit erinnern", sagte Lord Capulet.

Der Fürst wandte sich an die versammelte Menge. „Möge die Geschichte von Romeo und Julia uns allen eine Lehre sein. Hass und Stolz bringen nichts als Schmerz und Verlust."

Die Stadt Verona trauert über den Verlust von Romeo und Julia. Menschen aus allen Gesellschaftsschichten waren von der Tragödie betroffen.

Die Geschichte von Romeo und Julias leidenschaftlicher Liebe und ihrem tragischen Ende verbreitete sich weit und breit. Sie wurde zu einer Geschichte, die jeder in Verona kannte, eine Geschichte, die über Generationen hinweg erzählt werden sollte.

Es war eine Geschichte der Liebe, die keine Grenzen kannte, und der Traurigkeit, die kein Ende kannte. Die Geschichte von Romeo und Julia wurde zu einer zeitlosen Erinnerung an die zerstörerische Kraft des Hasses und die erlösende Kraft der Liebe.

Obwohl sich die Familien versöhnt hatten, kam die Einigung für das unglücklich verliebte Paar zu spät. Im Herzen Veronas sollte die Erinnerung an die Liebe von Romeo und Julia für immer weiterleben, ein bittersüßes Zeugnis für die Macht der Liebe und die Tragödie ihres Verlustes.

1. Bedauern: Regret
2. Bittersüß: Bittersweet
3. Einigung: Reconciliation
4. Erinnerung: Memory
5. Fehde: Feud
6. Fürst: Prince
7. Geschehen: Event
8. Hass: Hate
9. Kämpfe: Fights
10. Kummers: Grief
11. Leidenschaftlich: Passionate
12. Reue: Remorse

13. Schmerz: Pain
14. Sinnlosigkeit: Senselessness
15. Stolz: Pride
16. Torheit: Folly
17. Trauer: Mourning
18. Tragödie: Tragedy
19. Unsinnige: Senseless
20. Verlust: Loss

Anna Karenina

1. Annas Reise nach Moskau

In der großen Stadt St. Petersburg, Russland, lebte Anna Karenina. Sie war mit Alexej Karenin, einem hochrangigen Regierungsbeamten, verheiratet. Anna war für ihre Schönheit, Freundlichkeit und ihren Charme bekannt, der sie bei vielen beliebt machte.

Eines Tages beschloss Anna, nach Moskau zu reisen. Sie wollte ihrem Bruder Stiwa helfen, dessen Ehe in Schwierigkeiten steckte. Stiwas Frau Dolly war verärgert, weil Stiwa untreu gewesen war.

Anna bestieg den Zug nach Moskau und fühlte eine Mischung aus Sorge und Aufregung. Die Reise war eine Chance, ihrem Alltagsleben für kurze Zeit zu entkommen.

Im Zug traf Anna die Gräfin Wronskaja. Sie kamen ins Gespräch und tauschten Geschichten über ihr Leben und ihre Familien aus. Anna empfand die Gesellschaft der Gräfin als angenehm.

Während der Zug durch die russische Landschaft rollte, wuchs Annas Vorfreude auf ihre Reise. Sie freute sich darauf, ihren Bruder zu sehen und ihm zu helfen.

Bei ihrer Ankunft in Moskau wurde Anna von Stiwa herzlich begrüßt. „Anna, es ist so schön, dich zu sehen", rief Stiwa und umarmte seine Schwester.

Anna traf sich dann mit Dolly. Sie konnte den Schmerz in Dollys Augen sehen. „Dolly, ich bin für dich da. Wir werden das gemeinsam durchstehen", beruhigte Anna sie.

Sie verbrachten Stunden mit Gesprächen. Anna hörte zu und sprach tröstende Worte. Allmählich ging es Dolly ein wenig besser.

Anna beschloss, für einige Wochen in Moskau zu bleiben, um ihren Bruder und seine Familie zu unterstützen. Die Abwechslung zu ihrem Leben in St. Petersburg war willkommen.

Als sie sich in ihrem vorübergehenden Zuhause einrichtete, verspürte Anna ein Gefühl der Hoffnung. Sie war fest entschlossen, ihrem Bruder und seiner Familie zu helfen, wieder glücklich zu werden. Die Herausforderung, die vor ihr lag, schien gewaltig zu sein, aber Anna war bereit, sich ihr zu stellen.

1. Abwechslung: Change
2. Alltagsleben: Everyday Life
3. Ankunft: Arrival
4. Begrüßt: Welcomed
5. Ehe: Marriage
6. Einrichtete: Settled In
7. Familie: Family
8. Gefühl: Feeling
9. Gesprächen: Conversations
10. Gräfin: Countess
11. Herausforderung: Challenge
12. Hoffnung: Hope
13. Landschaft: Landscape
14. Moskau: Moscow
15. Regierungsbeamten: Government Official
16. Reise: Journey
17. Schmerz: Pain
18. Untreu: Unfaithful
19. Vorfreude: Anticipation

2. Der Ball und die Begegnung mit Wronskij

In der geschäftigen, pulsierenden Stadt Moskau fand ein großer Ball statt. Anna, gekleidet in ein wunderschönes Kleid, das ihre Eleganz betonte, nahm an der Veranstaltung teil. Sie sah umwerfend aus und zog alle Blicke auf sich, als sie den Ballsaal betrat.

Der Ballsaal war erfüllt vom Klang der Musik und dem Anblick der wirbelnden Kleider. Es war eine Szene der Opulenz und Freude. Anna bewegte sich durch die Menge und fühlte eine Mischung aus Aufregung und Nervosität.

Dort lernte sie Graf Wronskij kennen. Er war eine charmante und gutaussehende Gestalt, die durch ihre Anwesenheit die Aufmerksamkeit auf sich zog. Ihre Blicke trafen sich, und es funkte sofort.

Wronskij näherte sich Anna mit einem selbstbewussten Lächeln. „Darf ich um diesen Tanz bitten?", fragte er und reichte ihr die Hand. Anna, die von seiner Direktheit überrascht war, nahm an.

Während sie tanzten, unterhielten sie sich über ihr Leben, ihre Interessen und die Welt um sie herum. Anna fand Wronskijs Gespräch fesselnd. Er sah nicht nur gut aus, sondern war auch witzig und intelligent.

Anna spürte eine unbestreitbare Verbindung zu Wronskij, ein Gefühl, das sowohl erregend als auch beunruhigend war. Auch Wronskij schien sich zu Anna hingezogen zu fühlen, sein Blick verweilte oft auf ihr.

Sie verbrachten einen Großteil des Abends zusammen, redeten und tanzten. Je mehr Zeit Anna mit Wronskij verbrachte, desto mehr fühlte sie sich zu ihm hingezogen.

Doch im Laufe des Abends bekam Anna ein schlechtes Gewissen. Sie dachte an ihren Mann, Alexej, und wusste, dass ihre wachsenden Gefühle für Wronskij nicht richtig waren.

Trotz ihrer Schuldgefühle konnte Anna die Anziehungskraft, die sie verspürte, nicht leugnen. Wronskij, der die Tiefe ihrer Verbindung spürte, gestand: „Anna, ich bin dabei, mich in dich zu verlieben."

Anna war verwirrt und hin- und hergerissen. Ihr Herz raste vor Aufregung, aber ihr Verstand war voller Zweifel und Sorgen.

Der Ball ging schließlich zu Ende, und Anna kehrte nach Hause zurück. Die Nacht war ein Wirbelsturm der Gefühle gewesen. Sie lag im Bett, ihre Gedanken kreisten um die Bilder von Wronskij und den Klang seiner Stimme.

Sie war hin- und hergerissen zwischen ihrer Pflicht gegenüber ihrer Ehe und den Gefühlen, die sie für Wronski hatte. Die Nacht hatte eine Tür zu einer Welt geöffnet, von der Anna nicht sicher war, ob sie sie betreten sollte, aber von der sie wusste, dass sie sie nicht einfach schließen konnte.

1. Anwesenheit: Presence
2. Aufmerksamkeit: Attention
3. Aufregung: Excitement
4. Ballsaal: Ballroom
5. Beunruhigend: Disturbing
6. Direktheit: Directness
7. Eleganz: Elegance
8. Erregend: Exciting
9. Gefühle: Feelings
10. Gestalt: Figure
11. Gewissen: Conscience
12. Graf: Count
13. Hin- und hergerissen: Torn
14. Interessen: Interests
15. Kleid: Dress
16. Musik: Music
17. Nervosität: Nervousness
18. Opulenz: Opulence
19. Pflicht: Duty
20. Verbindung: Connection

3. Annas Kampf

Im Herzen Moskaus, unter dem Deckmantel des geschäftigen Treibens der Stadt, traf sich Anna weiterhin mit Graf Wronskij. Ihre Treffen fanden im Geheimen statt, versteckt vor den neugierigen Augen der Gesellschaft.

Bei diesen heimlichen Begegnungen unterhielten sie sich stundenlang und verloren sich in den Worten des jeweils anderen. Anna freute sich auf jedes Treffen, ihr Herz raste vor Aufregung und Angst zugleich.

Doch mit jedem geheimen Rendezvous wuchsen Annas Schuldgefühle. Sie dachte an ihren Mann, Alexej Karenin, und ihren Sohn, und das Leben, das sie gemeinsam aufgebaut hatten. Sie wusste, dass das, was sie mit Wronskij tat, falsch war.

Wronskij, unbelastet von solchen Bindungen, gestand offen seine Liebe zu Anna. „Anna, ich liebe dich mehr als alles andere auf dieser Welt", sagte er leidenschaftlich.

Anna, die ihre eigenen Gefühle nicht verleugnen konnte, gab zu, dass auch sie stark für Wronskij empfand. Ihr Eingeständnis führte zu ihrem ersten Kuss, ein Moment, der für Anna süß und bitter zugleich war.

Nach dem Kuss überschwemmte eine Welle des Glücks Anna, aber schnell folgte eine Flut von Sorgen und Schuldgefühlen. Sie wusste, dass sie so nicht weitermachen konnte.

Schweren Herzens beschloss Anna, dass es an der Zeit war, nach St. Petersburg zurückzukehren. Sie hoffte, dass die Rückkehr nach Hause ihr helfen würde, ihre Gefühle zu sortieren.

Als er Annas Entscheidung erfährt, ist Wronskij fest entschlossen, sie nicht zu verlieren. Er beschloss, ihr nach St. Petersburg zu folgen, da er nicht gewillt war, die Entfernung zwischen ihnen zuzulassen.

Zurück in St. Petersburg, beginnt Karenin, Annas Ehemann, zu ahnen, dass etwas nicht stimmt. Er bemerkte eine Veränderung in Annas Benehmen und mahnte sie zur Vorsicht. „Anna, du musst an unseren Ruf denken", mahnte er.

Anna fühlte sich gefangen, gefangen zwischen ihrem Leben in St. Petersburg und ihrer Liebe zu Wronskij. Sie kämpfte mit den Entscheidungen, die sie getroffen hatte, und den Konsequenzen, die sie mit sich bringen könnten.

Auch wenn sie wieder zu Hause war, waren Annas Gedanken ständig bei Wronskij. Sie vermisste ihn schrecklich und spürte eine tiefe Sehnsucht nach ihren gemeinsamen Momenten.

Hin- und hergerissen zwischen ihrer Liebe zu Wronskij und ihrer Pflicht gegenüber ihrer Familie, fühlte Anna ein wachsendes

Gefühl der Verzweiflung. Sie stand an einem Scheideweg, unsicher, welchen Weg sie einschlagen sollte, und jeder Schritt war von der Last ihres zerrissenen Herzens erfüllt.

1. Ahnen: To Suspect
2. Benehmen: Behavior
3. Deckmantel: Disguise
4. Ehefrau: Wife
5. Eingeständnis: Admission
6. Ehemann: Husband
7. Entscheidungen: Decisions
8. Gefangen: Trapped
9. Geheimen: Secret
10. Glück: Happiness
11. Konsequenzen: Consequences
12. Leidenschaftlich: Passionate
13. Neugierigen: Curious
14. Pflicht: Duty
15. Rendezvous: Rendezvous
16. Ruf: Reputation
17. Schuldgefühle: Guilt
18. Sehnsucht: Longing
19. Verzweiflung: Despair

4. Die Affäre geht weiter

Zurück in der eleganten Stadt St. Petersburg fanden Anna und Wronskij Wege, ihre geheimen Treffen fortzusetzen. Jedes Rendezvous vertiefte ihre Liebe, machte sie intensiver und unbestreitbar.

Mit ihrer Liebe wuchs auch das Misstrauen von Annas Ehemann Karenin. Seine Augen verengten sich jedes Mal vor Zweifel, wenn Anna von ihren Ausflügen erzählte.

Eines Abends stellte Karenin Anna zur Rede. „Ich höre Gerüchte, Anna. Du musst an unsere Familie denken", mahnte er, und seine Stimme klang besorgt und misstrauisch.

Doch Anna, gefangen im Strudel ihrer Gefühle für Wronskij, hatte das Gefühl, nicht ohne ihn leben zu können. Sie fühlte sich zunehmend von ihren Pflichten als Ehefrau und Mutter abgezogen.

Anna und Wronskij konnten sich nicht voneinander trennen und begannen, heimlich zusammen zu reisen. Sie reisten an ruhige, versteckte Orte, von denen sie dachten, dass niemand sie erkennen würde.

Bei einem ihrer Ausflüge wurden sie jedoch zusammen gesehen. Die Nachricht von ihrer Affäre verbreitete sich schnell und löste einen Skandal aus, der die St. Petersburger High Society erschütterte.

Annas Ruf, der einst der einer angesehenen und würdevollen Dame war, war nun angeschlagen. Das Geflüster folgte ihr, wohin sie auch ging.

Als Karenin die skandalöse Nachricht erfuhr, war er wütend und enttäuscht. Er stellte Anna zur Rede und forderte sie auf, die Affäre zu beenden. „Du musst damit aufhören, um unserer Familie willen", flehte er.

Doch Anna, die tief in ihrer Leidenschaft für Wronskij verstrickt war, weigerte sich. „Ich kann nicht, Alexej. Ich liebe ihn", gestand sie mit zerrissenem, aber entschlossenem Herzen.

Karenin, der sich betrogen und gedemütigt fühlte, war ratlos. Er konnte nicht glauben, dass die Frau, die er geheiratet hatte, sich so drastisch verändert hatte.

Trotz des wachsenden Skandals und der Bitten Karenins setzten Anna und Wronskij ihre Affäre fort. Sie waren geblendet von ihrer Liebe, gleichgültig gegenüber dem Getuschel und den missbilligenden Blicken.

Gemeinsam fanden sie ihr Glück, ein Glück, das tief und leidenschaftlich war. Aber es war ein Glück, das von dem Preis überschattet wurde, den es von ihrem Leben in der Gesellschaft forderte. Annas Herz war im Frieden, wenn sie mit Wronskij zusammen war, aber sie konnte das Gefühl der drohenden

Konsequenzen, die ihre Liebe mit sich bringen könnte, nicht abschütteln.

1. Affäre: Affair
2. Angekratzt: Tarnished
3. Ausflüge: Excursions
4. Dame: Lady
5. Erschütterte: Shook
6. Fortzusetzen: To Continue
7. Geflüster: Whispering
8. Gedemütigt: Humiliated
9. Getuschel: Gossip
10. Leidenschaft: Passion
11. Misstrauen: Mistrust
12. Pflichten: Duties
13. Ratlos: Helpless
14. Rede: Speech
15. Ruf: Reputation
16. Skandal: Scandal
17. Strudel: Whirl
18. Verengten: Narrowed
19. Zerrissen: Torn

5. Der Wendepunkt

Während die Tage in St. Petersburg vergingen, fühlte sich Anna zunehmend isoliert von der Gesellschaft, die sie einst zierte. Das Geflüster und die kritischen Blicke der Menschen um sie herum gaben ihr das Gefühl, eine Außenseiterin zu sein.

Ihre Affäre mit Wronskij wurde heftig kritisiert, und ihr gesellschaftlicher Kreis begann, sich ihr zu verschließen. Anna spürte das Gewicht des Urteils derjenigen, die sie einst als Freunde betrachtet hatte.

Unterdessen weigerte sich Karenin, der auf seinem Standpunkt beharrte, Anna die Scheidung zu gewähren. Durch diese

Weigerung fühlte sich Anna in einer lieblosen Ehe gefangen, und ihr Geist sehnte sich nach Freiheit.

Trotz der gesellschaftlichen Gegenreaktion blieb Wronskij eine Stütze für Anna. Seine Liebe war eine Konstante in ihrem turbulenten Leben.

Als Wronskij jedoch weiterhin an gesellschaftlichen Veranstaltungen teilnahm, verspürte Anna einen Anflug von Eifersucht. Sie befürchtete, dass Wronskij eine andere finden könnte, eine, die weniger kompliziert war als sie.

Diese Gedanken führten zu einer Verschlechterung von Annas psychischem Wohlbefinden. Sie verlor sich oft in einem Meer aus Unsicherheit und Traurigkeit.

Die Streitigkeiten zwischen Anna und Wronskij häuften sich. Ihre einst glücklichen Momente wurden nun oft von Streitigkeiten und Missverständnissen überschattet.

Wronskij versuchte, Anna zu beruhigen, indem er ihr seine unendliche Liebe erklärte. „Ich werde dich immer lieben, Anna", sagte er, um ihre Ängste zu zerstreuen.

Doch Anna fühlte sich zunehmend allein und unsicher. Sie sehnte sich nach der Stabilität und Seriosität ihres alten Lebens und vermisste ihren Sohn schmerzlich.

Die Belastung für ihre Beziehung zu Wronskij wuchs. Die Romanze, die einst so leidenschaftlich und unbesiegbar erschienen war, fühlte sich nun zerbrechlich und unsicher an.

Anna wurde von Schuldgefühlen wegen der Affäre und dem Schmerz, den sie verursacht hatte, zerfressen. Sie beklagte die Entscheidungen, die sie an diesen Punkt gebracht hatten.

Als sie über ihr Leben nachdachte, wurde Anna klar, dass sich alles unwiderruflich verändert hatte. Das Leben, das sie einst kannte, war verschwunden und durch eine Realität voller Konflikte, Isolation und Bedauern ersetzt worden. Ihr Herz sehnte sich nach Frieden und Glück, aber der Weg zu diesem Trost schien ihr mehr denn je verborgen zu sein.

1. Affäre: Affair
2. Allein: Alone
3. Außenseiterin: Outsider
4. Bedauern: Regret
5. Belastung: Burden
6. Eifersucht: Jealousy
7. Gefangen: Trapped
8. Gesellschaft: Society
9. Gewicht: Weight
10. Glück: Happiness
11. Isolation: Isolation
12. Konflikte: Conflicts
13. Kritisch: Critical
14. Psychischem: Mental
15. Schuldgefühle: Guilt
16. Seriosität: Seriousness
17. Stabilität: Stability
18. Unsicherheit: Insecurity
19. Verschließen: To Shut Off

6. Das tragische Ende

Im Herzen von St. Petersburg, inmitten der kalten und belebten Straßen, fand sich Anna in einer sich vertiefenden Wolke von Unglück und Verzweiflung wieder. Sie hatte das Gefühl, als hätte sich die ganze Welt gegen sie gewendet und sie isoliert und unverstanden zurückgelassen.

Wronskij, der Annas Schmerz sah, versuchte sein Bestes, sie zu trösten. „Anna, bitte, lass mich dir helfen", flehte er sanft. Aber Anna stieß ihn in ihrer Aufregung von sich und fühlte sich völlig allein.

Der Gedanke, dass sie alles verloren hatte, was ihr lieb war, verfolgte Anna Tag und Nacht. Ihr Leben, das einst von Liebe und Freude erfüllt war, fühlte sich nun leer und trostlos an. In einem Moment überwältigender Trauer traf Anna die herzzerreißende Entscheidung, Wronskij zu verlassen. Ihre Liebe zu ihm war tief, aber der Schmerz, den sie ihm zugefügt hatte, schien unüberwindlich.

Mit gebrochenem Herzen und verwirrt irrte Anna ziellos durch die Straßen, ihre Gedanken waren ein Wirbelwind aus Bedauern und Trauer. Sie landete auf dem Bahnhof, einem Ort des Abschieds und des Endes.

Als Anna dort stand, überkam sie ein Sturm der Gefühle. Erinnerungen an die glücklichen Zeiten, die sie mit Wronskij verbracht hatte, schossen ihr durch den Kopf, und jede einzelne stand in scharfem Kontrast zu ihrer derzeitigen Qual.

Sie dachte an ihren Sohn, ihren Mann und das Leben, das sie zurückgelassen hatte. Ein Leben, das nun unerreichbar schien, verloren in den Schatten ihrer Entscheidungen.

Anna spürte, dass es keinen Weg zurück in ihr altes Leben und keinen Weg nach vorne in ihrem jetzigen Leben gab, und war verzweifelt. In einem Moment der völligen Hoffnungslosigkeit traf sie eine tragische Entscheidung.

Mit Tränen im Gesicht trat Anna vor einen herannahenden Zug. Die Welt um sie herum wurde schwarz, als sie versuchte, ihrem Schmerz zu entkommen.

Ihr Tod trat sofort ein, ein tragisches Ende eines Lebens, das einst so vielversprechend gewesen war.

Die Nachricht von Annas Tod erschütterte ganz St. Petersburg. Wronskij war am Boden zerstört, sein Herz zerbrach durch den Verlust seiner Geliebten. Karenin empfand trotz allem ein tiefes Gefühl des Verlustes und des Bedauerns.

Annas tragisches Ende hinterließ bei allen, die sie kannten, einen bleibenden Eindruck. Es war eine feierliche Erinnerung an die Folgen einer Liebe, die sich über gesellschaftliche Normen hinwegsetzt, und an den tiefen Schmerz, den eine solche Liebe verursachen kann. Ihre Geschichte, die von Leidenschaft, Konflikten und Tragödien geprägt war, blieb in den Herzen derer, die sie kannten, und als abschreckendes Beispiel in den Annalen der St. Petersburger Gesellschaft in Erinnerung.

1. Abschieds: Farewell
2. Bahnhof: Train Station
3. Bedauern: Regret
4. Belebten: Bustling
5. Bleibenden: Lasting
6. Eindruck: Impression
7. Erinnerungen: Memories
8. Feierliche: Solemn
9. Folgen: Consequences
10. Gebrochenem: Broken
11. Gesellschaftliche: Social
12. Herannahenden: Approaching
13. Hoffnungslosigkeit: Hopelessness
14. Irrte: Wandered
15. Leidenschaft: Passion
16. Schatten: Shadows
17. Schmerz: Pain
18. Trauer: Grief
19. Trostlos: Desolate
20. Unglück: Misfortune

Der große Gatsby

1. Die Ankunft in West Egg

Nick Carraway, ein junger Mann mit Träumen und Ambitionen, zieht nach West Egg, einer Stadt in New York, die für ihre wohlhabenden Einwohner bekannt ist. Er mietete ein kleines, gemütliches Haus, das neben einer luxuriösen Villa stand, die Jay Gatsby gehörte, einem Mann, der von Geheimnissen und Reichtum umhüllt war.

Nick war nach New York gezogen, um in der pulsierenden Stadt zu arbeiten und Anleihen zu verkaufen. Es war ein aufregender, aber schwieriger Neuanfang für ihn.

An einem sonnigen Tag beschloss Nick, seine Cousine Daisy zu besuchen, die in der mondänen Gegend von East Egg lebte. Daisy war mit Tom Buchanan verheiratet, einem Mann, der für seinen Reichtum und weniger für seine Freundlichkeit bekannt war.

Daisy und Tom hatten eine kleine Tochter, ein junges Mädchen mit strahlenden Augen und einem neugierigen Wesen. Die Familie lebte in einem großen Haus, ein Symbol für ihren Status.

Während seines Besuchs verbrachten Nick und Daisy viel Zeit mit Gesprächen und Aufholjagden. Daisys Charme und Anmut waren offensichtlich, aber Nick spürte einen Hauch von Traurigkeit in ihr.

In ihrem Gespräch erfuhr Nick, dass Tom eine Freundin namens Myrtle hatte. Diese Nachricht überraschte und schockierte Nick und offenbarte einen Riss in der scheinbar perfekten Welt von Daisy und Tom.

Während sie sich unterhielten, merkte Nick, dass Daisy nicht so glücklich war, wie sie schien. Ihr Lächeln erreichte nicht ihre Augen, und ihr Lachen wirkte gezwungen.

Nicks Neugier auf seinen rätselhaften Nachbarn, Jay Gatsby, wuchs. Er sah Gatsby oft allein stehen und auf das grüne Licht auf der anderen Seite der Bucht starren.

Nick entdeckte, dass sich das grüne Licht am Ende von Daisys Steg befand. Dieses kleine Detail machte ihn neugierig und deutete auf eine tiefere Verbindung zwischen Daisy und dem geheimnisvollen Gatsby hin.

Als Nick sich an das Leben in West Egg gewöhnt hatte, konnte er nicht anders, als sich von dem Geheimnis und dem Glamour, der seine neue Heimat zu umgeben schien, angezogen zu fühlen. Haus und seine faszinierenden Bewohner. Das grüne Licht auf der anderen Seite der Bucht, ein Symbol für Sehnsucht und Verlangen, flackerte in seinen Gedanken auf und weckte ein Gefühl von Neugier und Vorahnung.

1. Anleihen: Bonds
2. Ankunft: Arrival
3. Aufholjagden: Catch-ups
4. Bucht: Bay
5. Cousine: Cousin (female)
6. Freundlichkeit: Kindness
7. Freundin: Girlfriend
8. Geheimnis: Mystery
9. Glamour: Glamour
10. Haus: House
11. Lachen: Laugh
12. Lächeln: Smile
13. Mondänen: Fashionable
14. Nachbarn: Neighbor
15. Neuanfang: New Beginning
16. Neugier: Curiosity
17. Reichtum: Wealth
18. Schockierte: Shocked
19. Sehnsucht: Longing
20. Verbindung: Connection

2. Das Tal der Asche und New York

Eines Tages begleitete Nick Tom zu einem Ausflug in das geschäftige Herz von New York City. Es war eine Reise, die ihm die Augen für eine ganz andere Welt öffnen sollte.

Auf dem Weg dorthin kamen sie durch das Tal der Asche, ein düsteres, mit Staub und Ruß bedecktes Industriegebiet. Es stand in krassem Gegensatz zum Glamour von East und West Egg. Hier hielten sie an, um Toms Freundin Myrtle Wilson zu treffen. Myrtle war eine temperamentvolle Frau, aber sie war mit George Wilson verheiratet, der eine kleine, heruntergekommene Autowerkstatt im Tal der Asche besaß.

Trotz ihrer Ehe schien Myrtle von Tom fasziniert zu sein, und die beiden machten sich zusammen mit Nick auf den Weg in die Stadt, um einen ausgelassenen Abend zu verbringen.

Sie landeten in einer Wohnung, die Tom für solche Gelegenheiten aufbewahrte. Die Wohnung füllte sich schnell mit Menschen, und eine Party begann.

Myrtle, die die Aufmerksamkeit zu genießen schien, sprach offen und häufig über ihre Beziehung zu Tom. Nick fühlte sich dabei ziemlich unwohl, denn er beobachtete die Dynamik ihrer Affäre.

Als die Party lauter und lauter wurde, begannen Myrtle und Tom zu streiten. Die Spannung eskalierte schnell.

In einer schockierenden Wendung der Ereignisse schlug Tom in einem Wutanfall auf Myrtle ein. Sie wurde verletzt, und die Stimmung auf der Party schlug von wild auf beunruhigend um.

Nick, entsetzt und erschüttert von dem, was er erlebt hatte, beschloss zu gehen. Er trat in die New Yorker Nacht hinaus und spürte das Gewicht der Ereignisse des Tages.

Die Stadt mit ihren grellen Lichtern und dem unaufhörlichen Lärm erschien Nick hart und unbarmherzig. Er spürte eine wachsende Enttäuschung über die Welt, in die er eingetreten war.

Als er nach West Egg zurückkehrte, war die glitzernde Fassade seines neuen Lebens weggefallen und eine Realität zum Vorschein gekommen, die weit weniger glamourös war. Diese Erfahrung hinterließ bei Nick einen bleibenden Eindruck, der seine Wahrnehmung der Menschen und des Lebens in und um New York City prägen sollte.

1. Affäre: Affair
2. Aufbewahrte: Kept
3. Autowerkstatt: Car Workshop
4. Ausflug: Excursion
5. Beunruhigend: Disturbing
6. Dynamik: Dynamics
7. Enttäuschung: Disappointment
8. Eskalierte: Escalated
9. Fassade: Facade
10. Freundin: Girlfriend (here referring to a mistress)
11. Gelegenheiten: Occasions
12. Industriegebiet: Industrial Area
13. Lärm: Noise
14. Lichter: Lights
15. Realität: Reality
16. Ruß: Soot
17. Spannung: Tension
18. Temperamentvolle: Spirited
19. Wutanfall: Fit of Rage

3. Gatsbys Party

Eines schönen Sommerabends erhielt Nick eine Einladung zu einer der berühmten Partys von Jay Gatsby. Gatsby, ein reicher und geheimnisvoller Mann, war für seine verschwenderischen und extravaganten Zusammenkünfte bekannt.

Als Nick Gatsbys Villa betrat, war er sofort von der schieren Opulenz der Party beeindruckt. Die Villa war erfüllt von Lichtern, Musik und einem Meer von elegant gekleideten Gästen.

Das Publikum war eine Mischung aus Reichen und Glamourösen, die alle den luxuriösen Rahmen genossen. Es wurde getanzt, gelacht und endlos viel getrunken.

Inmitten der Festivitäten hörte Nick, wie verschiedene Gäste über ihren Gastgeber tuschelten. Die Gerüchte waren wild und vielfältig - einige sagten, Gatsby habe einen Mann getötet, andere flüsterten, er sei ein Spion.

Dann hatte Nick die Gelegenheit, Gatsby zu treffen. Er war überrascht, ihn freundlich und höflich vorzufinden - ein krasser Gegensatz zu der mysteriösen Gestalt, die die Gerüchte darstellten.

Während ihres Gesprächs stellte Gatsby eine ungewöhnliche Anfrage. Er bat Nick um Hilfe bei einem persönlichen Plan, was Nicks Neugierde weckte.

Als die Party weiterging, bemerkte Nick, dass Gatsbys Aufmerksamkeit oft auf etwas auf der anderen Seite der Bucht gerichtet war - es war Daisys Haus. Diese Beobachtung trug zum Rätsel von Jay Gatsby bei.

Die Party war ein Wirbel aus Tanz und Musik. Während sich alle zu amüsieren schienen, wirkte Gatsby selbst etwas distanziert und allein, selbst inmitten seiner eigenen Party.

Mehrmals in der Nacht starrte Gatsby auf das grüne Licht am Ende von Daisys Steg, mit einem fernen, sehnsüchtigen Blick in seinen Augen.

Nick, der von Gatsbys geheimnisvollem Auftreten fasziniert ist, spürt, dass hinter dem Mann viel mehr steckt, als man auf den ersten Blick sieht.

Die Nacht endete spektakulär mit einem Feuerwerk, das den Himmel über West Egg erhellte. Als Nick die Party verließ, war er in Gedanken bei Gatsby und dem grünen Licht, auf das er so fixiert schien.

Er konnte nicht umhin, sich über Gatsbys Interesse an Daisy zu wundern. Nick war sich sicher, dass es da eine Geschichte gab, und er wollte sie unbedingt aufdecken. Die Nacht hatte das Geheimnis um Jay Gatsby nur noch vertieft, und Nick wurde in die Intrigen hineingezogen.

1. Angewohnheit: Habit
2. Beförderung: Promotion
3. Beschwerde: Complaint
4. Dämmerung: Twilight
5. Eifersucht: Jealousy
6. Enttäuschung: Disappointment
7. Fernweh: Wanderlust
8. Flüstern: Whisper
9. Geduld: Patience
10. Gewissen: Conscience
11. Heimat: Homeland
12. Hürde: Hurdle
13. Irrtum: Error
14. Jubel: Cheer
15. Käfer: Beetle
16. Kummer: Sorrow
17. Leidenschaft: Passion
18. Lieferung: Delivery
19. Mitternacht: Midnight
20. Mut: Courage
21. Nachdenken: Reflection
22. Neugier: Curiosity
23. Oberfläche: Surface
24. Ordnung: Order
25. Pflicht: Duty
26. Pracht: Splendor
27. Qual: Agony
28. Quittung: Receipt
29. Rätsel: Puzzle
30. Schicksal: Fate
31. Staunen: Amazement
32. Täuschung: Deception
33. Träne: Tear
34. Überfluss: Abundance

35. Umarmung: Embrace
36. Verzweiflung: Despair
37. Vergnügen: Pleasure
38. Witz: Joke
39. Wunder: Miracle
40. Zerstörung: Destruction
41. Zweifel: Doubt

4. Gatsbys Wunsch

Im Laufe der Sommertage entwickelte sich zwischen Nick und Gatsby eine Freundschaft. Sie verbrachten oft Zeit miteinander, und Gatsby erzählte Geschichten aus seinem Leben.

Gatsby erzählte Nick, er stamme aus einer wohlhabenden Familie. Er erzählte von seiner Zeit in Oxford und seinen Reisen durch Europa. Nick hörte zu, aber er war sich nicht sicher, ob alle von Gatsbys Erzählungen wahr waren.

Eines Tages äußerte Gatsby eine überraschende Bitte. Er bat Nick, Daisy zum Tee einzuladen. Gatsby verriet, dass er Daisy vor Jahren kennengelernt hatte und sie wiedersehen wollte.

Nick war verblüfft, willigte aber ein, zu helfen. Er sah die Ernsthaftigkeit in Gatsbys Augen und konnte seinem Freund die Hilfe nicht verweigern.

Als Nick die Einladung an Daisy aussprach, war sie überrascht. „Tee in deinem Haus, Nick? Wie ungewöhnlich!", sagte sie, aber sie nahm an.

Gatsby war sowohl nervös als auch aufgeregt wegen des Treffens. Er wollte, dass für Daisys Besuch alles perfekt war.

Nick arrangierte den Tee in seinem Haus und sorgte dafür, dass alles in Ordnung war. In seinem Eifer ließ Gatsby sogar Nicks Garten und Haus dekorieren.

Am Tag des Tees traf Daisy ein, hübsch wie immer. Als Gatsby sie sah, war er sichtlich überwältigt von seinen Gefühlen.

Als sie sich zum Tee hinsetzten, begannen Daisy und Gatsby zu reden. Das Gespräch begann höflich, aber bald waren sie in ihrer eigenen Welt verloren und schwelgten in Erinnerungen an die Vergangenheit.

Nach diesem Tag begannen Daisy und Gatsby, sich heimlich zu treffen. Sie trafen sich abseits der neugierigen Augen von East und West Egg.

Obwohl Nick das Wiedersehen der beiden ermöglicht hatte, fühlte er sich hin- und hergerissen. Er freute sich für Gatsby, war aber besorgt über die Geheimhaltung und die möglichen Konsequenzen.

Je mehr er sie beobachtete, desto mehr erkannte er die Tiefe von Gatsbys Gefühlen für Daisy. Es war eine Liebe, die die Zeit und die Entfernung überdauert hatte, eine Liebe, die Gatsby nun völlig zu verzehren schien.

1. Anstrengung: Effort
2. Begeisterung: Enthusiasm
3. Besonnenheit: Prudence
4. Dringlichkeit: Urgency
5. Duft: Scent
6. Ehrgeiz: Ambition
7. Erleichterung: Relief
8. Fassungslosigkeit: Dismay
9. Flitterwochen: Honeymoon
10. Geheimnisvoll: Mysterious
11. Gelassenheit: Composure
12. Herausforderung: Challenge
13. Hinweis: Clue
14. Intuition: Intuition
15. Irrgarten: Maze
16. Kieselstein: Pebble
17. Klang: Sound
18. Lärm: Noise
19. Leid: Suffering
20. Meilenstein: Milestone

21. Missverständnis: Misunderstanding
22. Nachhaltigkeit: Sustainability
23. Neid: Envy
24. Offenbarung: Revelation
25. Optimierung: Optimization
26. Pflege: Care
27. Präzision: Precision
28. Qual: Torment
29. Querdenker: Nonconformist
30. Rücksicht: Consideration
31. Schwärmerei: Infatuation
32. Sehnsucht: Longing
33. Tarnung: Camouflage
34. Trägheit: Inertia
35. Überzeugung: Conviction
36. Unbehagen: Discomfort
37. Verlangen: Desire
38. Verwirrung: Confusion
39. Wagemut: Daring
40. Wehmut: Melancholy
41. Zärtlichkeit: Tenderness
42. Zögern: Hesitate
43. Zufriedenheit: Satisfaction

5. Die Affäre von Daisy und Gatsby

Die Sommertage vergingen wie im Flug, und die heimliche Affäre zwischen Daisy und Gatsby blühte auf. Sie trafen sich in dem abgeschiedenen Luxus von Gatsbys Villa, verborgen vor den Augen der Welt.

In diesen privaten Momenten führte Gatsby Daisy oft durch sein riesiges Anwesen und zeigte ihr seinen immensen Reichtum und seine Besitztümer. Daisy schaute ihm mit einer Mischung aus Bewunderung und Rührung zu. Erinnerungen an ihre Vergangenheit vermischten sich mit der Opulenz, die sie umgab.

Tom, Daisys Ehemann, wurde jedoch misstrauisch. Er bemerkte die Veränderung in Daisys Verhalten und ihre häufige Abwesenheit.

In der Zwischenzeit drückte Gatsby, angeheizt durch seine Liebe, seinen Wunsch aus, dass Daisy Tom verlassen sollte. Er träumte von einer Zukunft, in der sie ganz offen zusammen sein konnten.

Daisy, die sich inmitten eines turbulenten emotionalen Sturms befand, fühlte sich unsicher und verwirrt. Sie war hin- und hergerissen zwischen ihrer Vergangenheit mit Gatsby und ihrem gegenwärtigen Leben mit Tom.

Nick, der diese Veränderungen stillschweigend beobachtet hatte, bemerkte eine Veränderung an Gatsby. Der einst rätselhafte Mann schien nun. Seine Freude und seine Besorgnis werden durch die Komplexität der Situation überschattet.

Die Spannungen spitzten sich zu, als Tom Daisy zur Rede stellte. In einem Moment der Konfrontation verlangte er, etwas über ihre Beziehung zu Gatsby zu erfahren. Daisy, überrumpelt, leugnete alles, ihre Stimme zitterte unter der Last der Lüge.

Trotz Daisys Ablehnung hielt Gatsby an der Hoffnung fest, dass sie sich für ihn entscheiden würde. Seine Tage und Nächte waren erfüllt von Gedanken an sie und ihre gemeinsame Zukunft.

Je länger ihre Affäre dauerte, desto größer wurden die Risiken. Sie wussten beide, dass sie mit dem Feuer spielten, aber ihre Leidenschaft machte sie blind für die Gefahren.

Nick, der ihre Affäre aus nächster Nähe beobachtete, konnte nicht umhin, sich über die möglichen Folgen ihres Handelns Gedanken zu machen. Er sah die Unsicherheit ihrer Situation und die möglichen Folgen, die sich daraus ergeben könnten.

Die Spannung zwischen Daisy, Gatsby und Tom war greifbar. Es war ein verworrenes Netz aus Gefühlen, Wünschen und gesellschaftlichen Erwartungen, bei dem jeder Faden fester gezogen wurde und jeden Moment zu reißen drohte. Die Luft war dick von unausgesprochenen Worten und unterdrückten Gefühlen

und erzeugte einen Unterton von Unbehagen, der den kommenden
Aufruhr andeutete.

1. Abgeschieden: Secluded
2. Ablehnung: Rejection
3. Andeutete: Hinted
4. Angeheizt: Fueled
5. Anwesen: Estate
6. Aufruhr: Turmoil
7. Besitztümer: Possessions
8. Besorgnis: Concern
9. Bewunderung: Admiration
10. Blind: Blind
11. Drohte: Threatened
12. Ehemann: Husband
13. Emotionalen: Emotional
14. Erinnerungen: Memories
15. Erzeugte: Generated
16. Fest: Firm
17. Folgen: Consequences
18. Freude: Joy
19. Gedanken: Thoughts
20. Gefahren: Dangers
21. Gesellschaftlichen: Social
22. Gewagt: Daring
23. Greifbar: Tangible
24. Herausforderung: Challenge
25. Immens: Immense
26. Konfrontation: Confrontation
27. Leidenschaft: Passion
28. Leugnete: Denied
29. Misstrauisch: Suspicious
30. Opulenz: Opulence
31. Privaten: Private
32. Rätselhaft: Mysterious
33. Reißen: Tear
34. Risiken: Risks

35. Rührung: Emotion
36. Spannungen: Tensions
37. Sturm: Storm
38. Turbulent: Turbulent
39. Unsicherheit: Uncertainty
40. Veränderung: Change
41. Verhalten: Behavior
42. Verworren: Tangled
43. Zitterte: Trembled
44. Zuversicht: Confidence

6. Der Showdown

An einem brütenden Sommertag erreicht die Spannung zwischen Daisy, Tom und Gatsby ihren Höhepunkt. Sie beschlossen, der Hitze zu entfliehen und in die Stadt zu fahren.

Sie buchten eine Suite im luxuriösen Plaza Hotel. Das Zimmer war groß und opulent, aber die Stimmung war alles andere als das. Es herrschte eine unruhige Stimmung, die Atmosphäre war angespannt.

In der Suite eskalierte die Situation schnell. Tom und Gatsby begannen zu streiten, ihre Stimmen wurden mit jedem Wort lauter. Das Thema war Daisy und ihre Zuneigung.

Daisy fand sich in der Mitte dieses emotionalen Kampfes wieder. Ihr Herz war zerrissen und wurde von den beiden Männern in ihrem Leben in zwei Richtungen gezogen.

Gatsby beharrte mit heftigen Gefühlen darauf, dass Daisy Tom nie wirklich geliebt hatte. Er sah sie mit flehenden Augen an und suchte nach einer Bestätigung für ihre Liebe.

Daisy, die von dem Druck überwältigt war, konnte sich nicht dazu durchringen, Tom zu sagen, dass sie ihn nie geliebt hatte. Ihr Zögern und ihre Unfähigkeit, ihre frühere Liebe zu leugnen, traf Gatsby wie ein Schlag.

Gatsbys Gesicht verfinsterte sich, als er Daisys Worte in sich aufnahm. Er war am Boden zerstört, seine Träume zerbrachen um ihn herum.

Der Streit zwischen Tom und Gatsby wird immer heftiger, ihre Worte sind von Wut und Schmerz geprägt.

In einem Moment des Chaos traf Daisy eine plötzliche Entscheidung. Sie entschied sich, mit Gatsby zu gehen, und ihre Taten sprachen lauter als ihre Worte.

Sie eilten aus dem Hotel und stiegen in Gatsbys Auto. Die Straßen der Stadt verschwammen, während sie schweigend dahinfuhren, jeder in seine Gedanken versunken.

Doch auf dem Rückweg nach West Egg kam es zu einer Tragödie. Auf schreckliche Weise stießen sie mit Myrtle, Toms Geliebter, zusammen, die am Straßenrand stand. Sie war auf der Stelle tot.

In Panik und schockiert flohen Daisy und Gatsby vom Tatort und ließen den leblosen Körper von Myrtle zurück.

Zurück in East Egg erzählt Tom voller Trauer und Wut George Wilson, Myrtles Ehemann, dass es Gatsbys Auto war, das Myrtle getötet hat.

Währenddessen wartete Gatsby ängstlich auf Daisy, in der Hoffnung, dass sie sich entscheiden würde, Tom zu verlassen und mit ihm zusammen zu sein. Die Ereignisse des Tages hingen schwer in der Luft, ein tragischer Höhepunkt ihrer heimlichen Liebe und der Entscheidungen, die sie getroffen hatten.

1. Anspannung: Tension
2. Atmosphäre: Atmosphere
3. Ängstlich: Anxiously
4. Bestätigung: Confirmation
5. Brütend: Sweltering
6. Entscheidung: Decision
7. Eskalierte: Escalated
8. Flehend: Pleading

9. Gefühle: Feelings
10. Geliebte: Mistress
11. Geliebter: Lover
12. Getötet: Killed
13. Grief: Trauer
14. Heftig: Intense
15. Hoffnung: Hope
16. Kampf: Fight
17. Leblos: Lifeless
18. Luxuriös: Luxurious
19. Öffentlich: Public
20. Rückweg: Return
21. Schmerz: Pain
22. Schweigend: Silently
23. Tatort: Crime scene
24. Tragödie: Tragedy
25. Unfähigkeit: Inability
26. Unruhig: Restless
27. Versunken: Engrossed
28. Worte: Words
29. Zerbrachen: Shattered
30. Zerrissen: Torn
31. Zögern: Hesitate
32. Zuneigung: Affection
33. Zusammenstoßen: Collide

7. Das tragische Ende

Nach dem verhängnisvollen Unfall glaubte George Wilson, der von Trauer und Wut zerfressen war, dass Gatsby für Myrtles Tod verantwortlich war. Von seinem Wunsch nach Rache getrieben, machte er sich auf den Weg zu Gatsbys Villa.

An diesem ruhigen, sonnigen Nachmittag fand er Gatsby gedankenverloren in seinem Pool treibend. Ohne ein Wort zu sagen, erschoss George Gatsby und richtete dann, von Verzweiflung überwältigt, die Waffe auf sich selbst.

Die Nachricht von der Tragödie erschütterte ganz West Egg. Nick war fassungslos und schockiert, als er erfuhr, was geschehen war.

Währenddessen verließen Daisy und Tom, in ihre eigene Welt vertieft, still und leise die Stadt. Sie verschwanden und ließen das Chaos und die Zerstörung zurück, zu der ihr Handeln beigetragen hatte.

Im Großen und Ganzen schien Gatsbys Tod fast unbemerkt zu bleiben. Der Mann, der einst die verschwenderischsten Partys geschmissen hatte, war nur noch ein Flüstern im Wind.

Nick, angewidert von der Feigheit und dem Egoismus von Tom und Daisy, nahm es auf sich, eine Beerdigung für Gatsby zu organisieren. Er wollte sich von seinem Freund angemessen verabschieden.

Zu Nicks Enttäuschung nahmen jedoch nur wenige Menschen an der Beerdigung teil. Die Abwesenheit der vielen, die einst Gatsbys Großzügigkeit genossen hatten, war eine schmerzliche Erinnerung an die Oberflächlichkeit der High Society.

Als Nick über Gatsbys Leben und sein unermüdliches Streben nach seinem Traum nachdachte, wurde ihm die Hohlheit des amerikanischen Traums bewusst. Gatsbys Leben, einst so voller Hoffnung und Ehrgeiz, war durch Materialismus und unerwiderte Liebe korrumpiert worden.

Nick war von New York und der High Society, die ihn einst fasziniert hatte, desillusioniert und beschloss, die Stadt zu verlassen. Er sehnte sich danach, dem Zynismus und dem moralischen Verfall, den er miterlebt hatte, zu entkommen.

Als er ging, blickte Nick ein letztes Mal auf das grüne Licht auf der anderen Seite der Bucht. Einst war es ein Symbol für Gatsbys Hoffnungen und Träume gewesen, aber jetzt schien es nur noch ein fernes, verblassendes Licht zu sein.

In diesem Moment verstand Nick die Vergeblichkeit von Gatsbys Traum. Das grüne Licht, einst ein Leuchtfeuer der Hoffnung, diente nun als eindringliche Erinnerung an das

Unerreichbare und die Vergänglichkeit von Träumen und Wünschen.

1. Abwesenheit: Absence
2. Amerikanischer Traum: American Dream
3. Angewidert: Disgusted
4. Beerdigung: Funeral
5. Bucht: Bay
6. Desillusioniert: Disillusioned
7. Egoismus: Egoism
8. Enttäuschung: Disappointment
9. Erschossen: Shot
10. Ersehnt: Longed for
11. Erreichen: Reach
12. Erschüttert: Shaken
13. Feigheit: Cowardice
14. Flüstern: Whisper
15. Gedankenverloren: Lost in thought
16. Großzügigkeit: Generosity
17. Handeln: Actions
18. Hohlheit: Emptiness
19. Korrumpiert: Corrupted
20. Leuchtfeuer: Beacon
21. Moralischer Verfall: Moral decay
22. Nachdenken: Reflect
23. Oberflächlichkeit: Superficiality
24. Rache: Revenge
25. Schmerzliche: Painful
26. Sonnigen: Sunny
27. Streben: Strive
28. Tragödie: Tragedy
29. Treibend: Drifting
30. Unbemerkt: Unnoticed
31. Unermüdlich: Tireless
32. Unerreichbare: Unattainable
33. Unruhig: Restless
34. Verabschieden: Say goodbye

35. Verbleichen: Fade
36. Vergeblichkeit: Futility
37. Verlassen: Leave
38. Verzweiflung: Despair
39. Waffe: Weapon
40. Zerfressen: Consumed
41. Zynismus: Cynicism

Tristan und Isolde

1. Tristans Auftrag

Tristan, ein tapferer Ritter aus Cornwall, wurde von König Mark, seinem Onkel, mit einer wichtigen Aufgabe betraut. Er sollte nach Irland segeln und Prinzessin Isolde zurück nach Cornwall bringen, wo sie mit König Mark verlobt war.

Bei seiner Ankunft in Irland wurde Tristan vom Anblick der Prinzessin Isolde und ihrer Zofe Brangane begrüßt. Von Isoldes strahlender Schönheit und ihrer sanften Art beeindruckt, empfand Tristan ein Gefühl der Ehrfurcht.

Isolde, die Tristan bemerkte, sah in ihm einen edlen und gut aussehenden Ritter. Seine Anwesenheit war imposant und beruhigend zugleich.

Während sie sich auf die Reise vorbereiteten, fanden Tristan und Isolde Zeit, sich zu unterhalten. „Erzählen Sie mir von Cornwall", fragte Isolde mit einem Hauch von Neugier in der Stimme.

„Es ist ein Land mit zerklüfteten Küsten und starken Menschen", antwortete Tristan, und seine Augen leuchteten. „Und König Mark ist ein gerechter und geachteter Herrscher."

Isolde hörte aufmerksam zu, aber ihr Herz war schwer. „Ich werde Irland, meine Heimat, vermissen", sagte sie leise und blickte auf die irische See hinaus.

Tristan, der ihre Traurigkeit spürte, versprach: „Ich werde für Eure Sicherheit und Euren Komfort sorgen, Prinzessin. Ihr werdet in Cornwall geehrt werden."

Als sie in See stachen, vertraute Isoldes Mutter Brangane einen besonderen Trank an. „Das ist für Isolde und König Mark, um ihre Liebe zu sichern", wies sie an.

Die See war ruhig, als sie ihre Reise zurück nach Cornwall antraten. Tristan stand am Ruder, während Isolde die Küsten Irlands in der Ferne verschwinden sah.

Die Reise, die vor ihnen lag, war voller Ungewissheit, aber auch voller Schicksalsergebenheit. Während das Schiff vorwärts segelte, sollte sich das Leben von Tristan, Isolde und den Menschen um sie herum in einer Weise verflechten, die niemand vorhersehen konnte.

1. Anblick: Sight
2. Ankunft: Arrival
3. Aufgabe: Task
4. Beruhigend: Soothing
5. Begrüßt: Greeted
6. Ehrfurcht: Awe
7. Empfand: Felt
8. Ergebenheit: Resignation
9. Erzählen: Tell
10. Ferne: Distance
11. Gerechter: Just
12. Geachteter: Respected
13. Hauch: Hint
14. Herrscher: Ruler
15. Imposant: Imposing
16. Küsten: Coasts
17. Leuchteten: Shone
18. Neugier: Curiosity
19. Prinzessin: Princess
20. Ritter: Knight
21. Ruder: Rudder
22. Schicksalsergebenheit: Fatalism
23. Schönheit: Beauty
24. See: Sea
25. Segeln: Sail
26. Sicherheit: Safety
27. Spürte: Sensed
28. Starken: Strong
29. Trank: Potion
30. Traurigkeit: Sadness
31. Ungewissheit: Uncertainty

32. Verlobt: Betrothed
33. Vertraute: Confided
34. Vermissen: Miss
35. Vorbereiteten: Prepared
36. Zerklüfteten: Rugged
37. Zofe: Maid
38. Zugleich: At the same time

2. Der Liebestrank

Als das Schiff in Richtung Cornwall segelte, verbrachten Tristan und Isolde immer mehr Zeit miteinander. Sie standen am Bug des Schiffes und sprachen über ihr Leben und ihre Träume. „Ich bin mit dem Traum von Abenteuern aufgewachsen", erzählte Tristan, in dessen Augen sich das weite Meer spiegelte. „Und jetzt finde ich, dass mein größtes Abenteuer darin besteht, eine Prinzessin zu begleiten."

Isolde lächelte, und in ihren Augen schimmerten ungeweinte Tränen. „Ich habe immer davon geträumt, die Welt jenseits von Irland zu sehen. Aber jetzt erscheint es mir so bittersüß, meine Heimat zu verlassen."

Eines Abends, als sie unter dem Sternenhimmel saßen, brachte Brangane ihnen einen Flachmann. „Ein guter Wein für unsere Gäste", sagte sie, ohne sich ihres Fehlers bewusst zu sein. Tristan und Isolde tranken den Trank, weil sie glaubten, es sei Wein. Als die Flüssigkeit ihre Wirkung entfaltete, sahen sie sich an, ihre Augen waren tief von neu entdeckten Gefühlen erfüllt.

Isoldes Herz raste. „Tristan, ich fühle mich seltsam. Als ob mein Herz aus einem langen Schlaf erwacht." Tristan, ebenfalls betroffen, antwortete leise: „Ich fühle es auch, Isolde. Es ist, als würde ich dich schon mein ganzes Leben lang kennen."

Als der Trank ihre Gefühle vertiefte, wurde ihnen klar, dass sie sich sehr verliebt hatten. Doch sie wussten auch um die Unmöglichkeit ihrer Situation. Tristan war hin- und hergerissen zwischen seiner wachsenden Liebe zu Isolde und seiner Loyalität zu König Mark.

„Tristan, was sollen wir tun?" fragte Isolde mit zittriger Stimme. „Wir gehören zu anderen, doch mein Herz fühlt sich an dich gebunden." Tristan hielt ihre Hand und spürte das Gewicht ihrer misslichen Lage. „Ich habe geschworen, König Mark zu dienen, aber mein Herz gehört jetzt dir, Isolde."

Sie gestanden sich ihre Liebe, eine Liebe, die zugleich beglückend und beängstigend war. Brangane, die ihren Irrtum entdeckte, beobachtete die beiden mit wachsender Sorge.

Als sich das Schiff der Küste Cornwalls näherte, wurde Tristans und Isoldes Freude über ihr Zusammensein von der Traurigkeit über die bevorstehende Trennung überschattet.

Bei ihrer Ankunft wurden sie von König Mark herzlich begrüßt. „Willkommen in Cornwall, Prinzessin Isolde. Tristan, du hast mir gut gedient." Tristan und Isolde tauschten einen Blick aus, ihr gemeinsames Geheimnis hinter einem gezwungenen Lächeln verborgen. Ihre Herzen schmerzten vor einer Liebe, die niemals erfüllt werden konnte.

Als sie von Bord gingen, wussten sie, dass ihre gemeinsame Reise zu Ende war, aber die Reise ihrer Herzen hatte gerade erst begonnen. Mitten im Konflikt zwischen Pflicht und verbotener Liebe fanden sie sich in einer Welt, die sie nicht verstanden und die sie vor der Welt verbergen mussten.

1. Aufgewachsen: Grown up
2. Beängstigend: Frightening
3. Beglückend: Blissful
4. Betrunken: Drunken
5. Bittersüß: Bittersweet
6. Bord: Board
7. Entfaltete: Unfolded
8. Erwacht: Awakened
9. Flachmann: Flask
10. Gefühle: Feelings
11. Geheimnis: Secret
12. Gezwungenen: Forced

13. Herzlich: Warmly
14. Hin- und hergerissen: Torn
15. Irrtum: Mistake
16. Loyalität: Loyalty
17. Misslichen: Difficult
18. Rennend: Racing
19. Seltsam: Strange
20. Sternenhimmel: Starry sky
21. Traurigkeit: Sadness
22. Trennung: Separation
23. Unmöglichkeit: Impossibility
24. Verbergen: Hide
25. Verliebt: In love
26. Verschwinden: Disappear
27. Wirkung: Effect
28. Wussten: Knew
29. Zittriger: Trembling
30. Zusammensein: Being together
31. Zutiefst: Deeply
32. Überschattet: Overshadowed

3. Eine königliche Hochzeit

In den großen Sälen von König Marks Schloss liefen die Vorbereitungen für die königliche Hochzeit auf Hochtouren. Diener wuselten umher, und die Luft war erfüllt von dem Duft frischer Blumen und dem Klang von Musik. Isolde stand in ihrem Gemach und betrachtete ihr Spiegelbild, das in ein wunderschönes Hochzeitskleid gekleidet war. Sie war das Bild der Eleganz, aber ihre Augen verrieten eine tiefe Traurigkeit. „Ich muss meine Pflicht tun", flüsterte sie Brangane zu, der sie mitfühlend beobachtete.

Tristan, der für den reibungslosen Ablauf der Zeremonie sorgen sollte, hatte eine Mischung aus Ehre und Schuldgefühlen. Als Neffe von König Mark und vertrauter Ritter sollte er an der Seite des Königs stehen, aber sein Herz schmerzte vor Liebe zur Braut.

Die Zeremonie war eine prächtige Angelegenheit, an der Adlige aus dem ganzen Land teilnahmen. Isolde schritt den Gang entlang, ihre Schönheit bezauberte die Gäste, aber ihr Lächeln erreichte nicht ihre Augen. Tristan, der als Trauzeuge an der Seite von König Mark stand, hatte Mühe, seine Gefühle im Zaum zu halten. Jeder Blick auf Isolde löste einen Wirbelsturm verbotener Gefühle in ihm aus.

Als Isolde und König Mark das Eheversprechen ablegten, trug die Erhabenheit des Anlasses wenig dazu bei, Isoldes Stimmung zu heben. Sie fühlte sich in einem Leben gefangen, das sie nie gewählt hatte, und ihr Herz sehnte sich nach Tristan.

Das anschließende Hochzeitsmahl war ein rauschendes Fest. Die Tische waren mit feinen Speisen und Weinen beladen, und der Saal hallte von Musik und Gelächter wider. Doch inmitten der Festlichkeiten fühlte sich Isolde wie ein Vogel in einem vergoldeten Käfig. Sie spielte ihre Rolle gut, aber ihr Herz war woanders.

Tristan, der versuchte, einen respektvollen Abstand zu wahren, warf Isolde immer wieder Blicke zu. Ihre gemeinsamen Blicke waren von Sehnsucht und Bedauern erfüllt. Je länger die Nacht dauerte, desto schwieriger wurde es, ihre Liebe zu verbergen. Das Gewicht ihrer heimlichen Liebe lastete schwer auf ihnen.

Als die Feier zu Ende ging, zogen sich König Markus und Isolde für die Nacht zurück. Im Schloss kehrte langsam Ruhe ein, und Tristan blieb mit seinen Gedanken allein. Er schritt durch die leeren Gänge, sein Herz war schwer vor Verlust. Die Freude über den Tag wurde von einem tiefen Gefühl der Trauer überschattet.

In der Stille der Nacht verließ Tristan das Schloss. Die kühle Luft tat wenig, um die Wärme seiner Tränen zu lindern. Er wusste, dass von diesem Moment an seine Liebe zu Isolde ein stiller Schmerz in seinem Herzen bleiben musste, eine ebenso tiefe wie verbotene Liebe.

1. Abstand: Distance
2. Angelegenheit: Affair
3. Beobachtete: Observed
4. Bezauberte: Charmed

5. Braut: Bride
6. Eheversprechen: Marriage vow
7. Ehre: Honor
8. Eleganz: Elegance
9. Erhabenheit: Grandeur
10. Fest: Feast
11. Flüsterte: Whispered
12. Gefangen: Trapped
13. Gefühle: Feelings
14. Gemach: Chamber
15. Gewählt: Chosen
16. Hallte: Echoed
17. Hochzeitskleid: Wedding dress
18. Hochzeitsmahl: Wedding feast
19. Käfig: Cage
20. Königlich: Royal
21. Lindern: Alleviate
22. Mühe: Effort
23. Neffe: Nephew
24. Pflicht: Duty
25. Prächtige: Magnificent
26. Respektvollen: Respectful
27. Ritter: Knight
28. Rühren: Stir
29. Rauschendes: Lavish
30. Sälen: Halls
31. Schmerzte: Ached
32. Schönheit: Beauty
33. Sehnsucht: Longing
34. Speisen: Dishes
35. Spiegelbild: Reflection
36. Stimmung: Mood
37. Tiefen: Deep
38. Trauer: Sorrow
39. Trauzeugen: Best man
40. Verbergen: Hide
41. Verbotene: Forbidden
42. Verlorene: Lost

43. Vergoldeten: Gilded
44. Verlassen: Leave
45. Vorbereitungen: Preparations
46. Weinen: Wines
47. Wirbelsturm: Whirlwind
48. Wuselten: Bustled
49. Zeremonie: Ceremony
50. Zog: Withdrew
51. Zuhalten: Maintain

4. Geheime Treffen

In der stillen Abgeschiedenheit des Waldes in der Nähe des Schlosses fanden Tristan und Isolde Trost in der Gesellschaft des anderen, weit weg von den wachsamen Augen des Hofes. Obwohl ihre Liebe verboten war, wuchs sie mit jedem heimlichen Treffen weiter. „Es ist wie ein Traum, hier mit dir zu sein", flüsterte Isolde bei einem ihrer heimlichen Rendezvous. „Das ist die einzige Zeit, in der ich mich lebendig fühle", antwortete Tristan und drückte sie an sich. „Ich kann dich nicht vergessen, Isolde, nicht einmal für einen Moment."

Brangane, die Isolde treu ergeben war, unterstützte sie bei ihren geheimen Treffen. Sie hielt Wache und sorgte für ihre Sicherheit. „Seid vorsichtig", warnte sie sie oft. „Die Mauern haben Ohren, und der Wald hat Augen."

Ihre Begegnungen waren eine Mischung aus Freude und Kummer. Freude über die Liebe, die sie teilten, und Trauer über die Umstände, die sie voneinander getrennt hielten. „Ich bin hin- und hergerissen, Tristan", gestand Isolde bei einer solchen Gelegenheit. „Meine Pflicht gegenüber dem König lastet schwer auf mir."

Tristan ergriff mit entschlossenem Blick ihre Hände. „Ich werde dich immer lieben, Isolde. Keine Pflicht kann ändern, was ich für dich empfinde." Doch die Angst, entdeckt zu werden, schwebte über ihnen. Jeder gestohlene Moment war kostbar, aber mit der Gefahr behaftet, dass ihr Geheimnis aufgedeckt wurde.

„Tristan, was ist, wenn wir erwischt werden?" fragte Isolde während eines besonders angespannten Treffens. „Wir müssen vorsichtig sein, meine Liebe. Aber ich kann mich nicht von dir fernhalten", erwiderte Tristan, dessen Stimme von Sorge geprägt war.

Mit der Zeit machte sich die Belastung ihrer geheimen Treffen bemerkbar. Isoldes Ehe mit König Mark wurde immer angespannter, und Tristan geriet zunehmend in einen Konflikt zwischen seiner Loyalität zum König und seiner Liebe zu Isolde.

Im Schloss begannen sich Flüstern und Gerüchte zu verbreiten. Bedienstete und Adlige sprachen in gedämpftem Ton über die Königin und den Ritter. Isolde und Tristan wurden sich des wachsenden Misstrauens bewusst. „Wir müssen vorsichtiger sein, Tristan", sagte Isolde eines Abends, als sie sich trennten. „Ich habe Angst davor, was passieren könnte, wenn wir entdeckt werden."

Ihre Liebe war zur einzigen Quelle des Glücks in einer Welt geworden, die sich gegen sie zu verschwören schien. Doch bei jedem Treffen wussten sie, dass sie einen gefährlichen Weg beschritten, der für beide ins Verderben führen konnte. Aber die Kraft ihrer Liebe war zu stark, und sie trafen sich weiterhin, klammerten sich aneinander in einer Welt, die entschlossen schien, sie voneinander zu trennen.

1. Abgeschiedenheit: Seclusion
2. Adlige: Nobles
3. Angespannt: Tense
4. Anhalten: Persist
5. Aufdeckt: Uncovered
6. Bedienstete: Servants
7. Belastung: Strain
8. Begegnungen: Encounters
9. Behaftet: Fraught
10. Bewusst: Aware
11. Blick: Gaze
12. Drückte: Pressed
13. Empfinde: Feel

14. Entdeckt: Discovered
15. Entscheidung: Decision
16. Ergeben: Devoted
17. Ergriff: Seized
18. Erwiderte: Replied
19. Fernhalten: Stay away
20. Gedämpft: Hushed
21. Gefahr: Danger
22. Geprägt: Marked
23. Gerüchte: Rumors
24. Getrennt: Separated
25. Gestohlene: Stolen
26. Hin- und hergerissen: Torn
27. Kostbar: Precious
28. Kummer: Grief
29. Lastet: Weighs
30. Lebendig: Alive
31. Misstrauens: Mistrust
32. Rendezvous: Rendezvous
33. Ritter: Knight
34. Sorge: Concern
35. Treffen: Meetings
36. Traurigkeit: Sadness
37. Trennten: Separated
38. Treu: Faithfully
39. Umstände: Circumstances
40. Verbergen: Conceal
41. Verboten: Forbidden
42. Verdacht: Suspicion
43. Verderben: Ruin
44. Verliebt: In love
45. Verschwören: Conspire
46. Vorsichtig: Careful
47. Wache: Guard
48. Wuchs: Grew
49. Wuselten: Bustled

5. Entdeckung und Verzweiflung

In der Burg von König Mark waren Gerüchte über die geheimen Treffen von Tristan und Isolde zu den Ohren eines königstreuen Ritters gelangt. Dieser Ritter, getrieben von seiner Pflicht, beschloss, die Wahrheit herauszufinden. Versteckt in den Schatten des Waldes beobachtete der Ritter, wie Tristan und Isolde sich heimlich trafen. Er sah ihre zärtlichen Umarmungen und hörte ihre Worte der Liebe. Schweren Herzens kehrte er zum Schloss zurück, um König Mark von seinen Erkenntnissen zu berichten.

Als König Markus die Nachricht hörte, war er von einer Mischung aus Herzschmerz und Wut ergriffen. „Wie konnten sie mich verraten?", klagte er mit trauriger Stimme. Tristan und Isolde, die nichts von der Entdeckung des Ritters wussten, wurden bei einem ihrer geheimen Treffen ertappt. Sie wurden vor König Markus gebracht, der sie mit schmerzverzerrter Miene ansah.

„Mark, ich bitte dich um Verzeihung", flehte Isolde, Tränen liefen ihr über das Gesicht. „Ich wollte dich nie verletzen." Tristan, aufrecht und doch mit einem Gefühl der Reue, ergriff das Wort. „Mein König, es war ein Liebestrank, der uns zusammenbrachte. Es lag nicht in unserer Hand."

König Mark war hin- und hergerissen zwischen seiner Liebe zu Isolde und dem Verrat, den er empfand. „Ich liebe dich immer noch, Isolde, aber dieser Verrat sitzt tief", sagte er mit schwerer, trauriger Stimme. Die Entscheidung des Königs fiel schnell und hart aus. Tristan wurde aus Cornwall verbannt und sollte nie wieder zurückkehren. „Verlasse mein Königreich, Tristan", befahl Mark, und in seiner Stimme lag ein Hauch von Endgültigkeit.

Isolde wurde derweil in ihrem Quartier eingeschlossen, eine Gefangene in ihrem eigenen Haus. „Du sollst hier bleiben, weg von den Augen des Hofes", ordnete Mark an. Die Liebenden waren von der Wendung der Ereignisse am Boden zerstört. Mit einem letzten, sehnsüchtigen Blick auf Isolde verließ Tristan Cornwall, sein Herz war schwer vor Verlust und Verzweiflung.

Die zurückgelassene Isolde wurde von Einsamkeit und Traurigkeit zerfressen. Ihre einst helle Welt war dunkel und kalt geworden. Auch das Königreich spürte die Last dieser Tragödie. Das Volk von Cornwall beklagte den Verlust seines geliebten Ritters und die Trauer um seine Königin. König Mark saß allein im Schloss, sein Herz war schwer von Verlust und Verrat. Die Ereignisse hatten den Frieden des Königreichs erschüttert und eine Spur von Trauer und Verzweiflung hinterlassen.

1. Befahl: Ordered
2. Beklagte: Mourned
3. Berichten: Report
4. Beschloss: Decided
5. Beobachtete: Observed
6. Einsamkeit: Loneliness
7. Eingeschlossen: Confined
8. Einschließlich: Including
9. Endgültigkeit: Finality
10. Entdeckung: Discovery
11. Ereignisse: Events
12. Erschüttert: Shaken
13. Erkenntnissen: Discoveries
14. Ergriffen: Moved
15. Ergriff: Seized
16. Erkenntnissen: Findings
17. Ertappt: Caught
18. Flehte: Pleaded
19. Gefangene: Prisoner
20. Gelangt: Reached
21. Geliebte: Beloved
22. Geliebten: Lovers
23. Gerüchte: Rumors
24. Geworden: Become
25. Hauch: Hint
26. Herzschmerz: Heartache
27. Hin- und hergerissen: Torn
28. Klagte: Lamented
29. Königreich: Kingdom
30. Königstreuen: Loyal

31. Liebenden: Lovers
32. Liebestrank: Love potion
33. Liefen: Ran
34. Miene: Expression
35. Quartier: Quarters
36. Schloss: Castle
37. Schmerzverzerrter: Pain-twisted
38. Schweren: Heavy
39. Sehnsüchtigen: Longing
40. Spur: Trace
41. Traurigkeit: Sadness
42. Umarmungen: Embraces
43. Verbannt: Banished
44. Verließ: Left
45. Verlust: Loss
46. Verriet: Betrayed
47. Verzeihung: Forgiveness
48. Verrat: Betrayal
49. Wahrheit: Truth
50. Wendung: Turn
51. Zerfressen: Consumed
52. Zerstört: Destroyed
53. Zärtlichen: Tender

6. Tristans Exil

Tristan wurde aus Cornwall verbannt und wanderte durch die Länder fern der Heimat. Er wurde ein fahrender Ritter, ein Beschützer der Bedürftigen, der die Gerechtigkeit aufrechterhält und den Hilflosen beisteht. Trotz seiner neu gefundenen Bestimmung schmerzte Tristans Herz vor Sehnsucht nach Isolde. „Meine Liebe zu ihr ist so tief wie das Meer", dachte er oft bei sich.

Er erlangte Ruhm für seine Tapferkeit und Ritterlichkeit, und die Geschichten über seine Taten verbreiteten sich im ganzen Land. Doch in der Stille der Nacht kehrten seine Gedanken immer wieder zu Isolde zurück. Allein unter dem Sternenhimmel schrieb Tristan Briefe an Isolde, in denen er sein Herz in Worte fasste. „Meine liebste Isolde", schrieb er, „obwohl ich weit weg bin, brennt meine Liebe zu dir immer hell."

Brangane, treu wie immer, spielte die Rolle einer geheimen Botin. Sie überbrachte Tristans Briefe an Isolde und sorgte dafür, dass ihre Liebe durch ihre Worte lebendig blieb. Als Isolde die Briefe erhielt, zog sie sich in ihr Gemach zurück, um sie zu lesen. Tränen liefen ihr übers Gesicht, als sie Tristans Worte der Liebe und Sehnsucht in sich aufnahm.

Mit zitternder Hand antwortet Isolde Tristan und drückt damit ihre unendliche Liebe und den Schmerz der Trennung aus. „Mein Herz ist bei dir, Tristan, über die Meilen hinweg", schreibt sie. Ihre Briefe wurden zu einer Lebensader, zu einer Verbindung, die die Entfernung und die Umstände, die sie voneinander trennten, überwand.

In seinem Exil nahm Tristan an Turnieren teil und kämpfte mit dem Bild von Isolde in seinem Herzen. Jeder Sieg war ein Tribut an seine Liebe zu ihr. Isolde betete in ihrer Gefangenschaft oft für Tristans Sicherheit. Ihre Gedanken waren immer bei ihm und gaben ihm eine stille Kraft, die die Distanz überbrückte.

Ihre Liebe, die durch Exil und Trennung auf die Probe gestellt wurde, blieb ungebrochen. Die Briefe, die sie austauschten, waren ein Zeugnis für eine Liebe, die sich weder durch die Entfernung noch durch die Umstände abschwächen lässt. Jedes geschriebene Wort, jedes stille Gebet, jede Tat, die im Namen der Liebe getan wurde, hielt ihr Band am Leben. In einer Welt, die sie auseinanderreißen wollte, blieb die Liebe von Tristan und Isolde bestehen, ein Leuchtfeuer der Hoffnung in ihren getrennten Leben.

1. Abschwächen: Weaken
2. Aufrechterhält: Maintains
3. Austauschten: Exchanged
4. Bedürftigen: Needy
5. Beschützer: Protector
6. Bestimmung: Destiny
7. Botin: Messenger

8. Briefe: Letters
9. Distanz: Distance
10. Entfernung: Distance
11. Erhielt: Received
12. Erlangte: Attained
13. Exil: Exile
14. Fahrender: Wandering
15. Gefangenschaft: Captivity
16. Gemach: Chamber
17. Gerechtigkeit: Justice
18. Geschichten: Stories
19. Hilflosen: Helpless
20. Lebensader: Lifeline
21. Lebendig: Alive
22. Leuchtfeuer: Beacon
23. Länder: Countries
24. Meilen: Miles
25. Ritterlichkeit: Chivalry
26. Ruhm: Fame
27. Schmerz: Pain
28. Schrieb: Wrote
29. Sehnsucht: Longing
30. Sicherheit: Safety
31. Sternenhimmel: Starry sky
32. Tapferkeit: Bravery
33. Taten: Deeds
34. Trennung: Separation
35. Turnieren: Tournaments
36. Überbrachte: Delivered
37. Überwand: Overcame
38. Umstände: Circumstances
39. Unendliche: Endless
40. Ungebrochen: Unbroken
41. Verband: Bond
42. Verbrückte: Bridged
43. Verbannt: Banished
44. Verbindung: Connection
45. Zitternder: Trembling

46. Zog: Withdrew

47. Zusammenreißen: Tear apart

7. Die Krönung

Auf seinen Reisen erreichte Tristan die Nachricht von einem großen Turnier in Cornwall. Die Nachricht weckte in seinem Herzen einen kühnen Plan: Er würde verkleidet zurückkehren und noch einmal in seiner Heimat kämpfen. Als er seine Rüstung anlegte, um seine Identität zu verbergen, fühlte Tristan eine Mischung aus Angst und Aufregung. „Für die Liebe riskiere ich alles", flüsterte er vor sich hin.

Zurück in Cornwall weckten Gerüchte über die Teilnahme eines geheimnisvollen Ritters am Turnier Isoldes Interesse. „Könnte es Tristan sein?", dachte sie und ihr Herz flatterte mit einer Mischung aus Hoffnung und Sorge. Der Tag des Turniers kam, und die Luft war voller Vorfreude. Die Menge versammelte sich, um die Fähigkeiten der Ritter zu sehen.

Tristan kämpfte mit unvergleichlicher Tapferkeit und Geschicklichkeit, jede seiner Bewegungen war ein Tanz aus Kraft und Anmut. Mit jedem Sieg wuchs seine Legende unter den Zuschauern. Von ihrem Platz auf der Tribüne aus beobachtete Isolde das Geschehen aufmerksam, denn ihre Intuition sagte ihr, dass der geheimnisvolle Ritter Tristan war. Ihr Herz sehnte sich danach, ihm wieder nahe zu sein.

Als das letzte Duell beendet war, ging Tristan als Sieger hervor. Die Menge brach in Jubel aus und feierte den Triumph des unbekannten Ritters. König Markus, beeindruckt von der Geschicklichkeit des Ritters, sprach ihn an. „Zeige dich, tapferer Ritter, und werde zu Recht geehrt", erklärte er. Unter den Augen der Menge nahm Tristan seinen Helm ab und enthüllte seine Identität. Ein Aufschrei ging durch die Menge, als sie den verbannten Ritter erkannte.

In diesem Moment des Schocks konnte Isolde sich nicht beherrschen. Sie rannte von der Tribüne, ihr Kleid wehte hinter ihr her, und machte sich auf den Weg zu Tristan. Ihre Blicke trafen sich, und ohne ein Wort zu sagen, umarmten sie sich vor aller Augen. Die Liebe, die sie teilten, war offensichtlich, eine Liebe, die allen Widrigkeiten zum Trotz überdauert hatte.

König Mark, der das Wiedersehen der beiden miterlebte, spürte, wie ihn eine Welle des Verständnisses überkam. Die Liebe zwischen Tristan und Isolde war unbestreitbar, eine Kraft, der auch er sich nicht widersetzen konnte. Mit gefühlvoller Stimme sprach Mark: „Tristan, Isolde, eure Liebe hat den größten Prüfungen standgehalten. Ich vergebe euch beiden." Die Menge, die Zeuge dieses Akts der Vergebung wurde, jubelte, gerührt von der Großzügigkeit des Königs und dem Wiedersehen der Liebenden.

Tristan und Isolde, die sich nun in den Armen lagen, fühlten, wie ihre Herzen höher schlugen. Endlich waren sie zusammen, und ihre Liebe triumphierte über die vielen Hindernisse, die sie überwunden hatten. Das Königreich jubelte über die Vereinigung von Tristan und Isolde, ein Beweis für die bleibende Kraft der Liebe. In einer Welt, in der Pflicht und Ehre sie voneinander fernzuhalten drohten, hatte die Liebe gesiegt und zwei Herzen zusammengeführt, die füreinander bestimmt waren.

1. Anlegte: Put on
2. Anmut: Grace
3. Aufregung: Excitement
4. Aufschrei: Outcry
5. Beherrschen: Control
6. Bewegungen: Movements
7. Duell: Duel
8. Enthüllte: Revealed
9. Erklärte: Declared
10. Erreichte: Reached
11. Fernzuhalten: Keep away
12. Flatterte: Fluttered
13. Gefühlvoller: Emotional
14. Geheimnisvollen: Mysterious
15. Geschicklichkeit: Skill
16. Geschehen: Happenings

17. Großzügigkeit: Generosity
18. Helm: Helmet
19. Hindernisse: Obstacles
20. Jubel: Cheers
21. Kleid: Dress
22. Kraft: Strength
23. Mischung: Mixture
24. Miterlebte: Witnessed
25. Prüfungen: Trials
26. Schlugen: Beat
27. Sieger: Victor
28. Tapferkeit: Bravery
29. Teilnahme: Participation
30. Tribüne: Tribune
31. Umarmten: Embraced
32. Unvergleichlicher: Unparalleled
33. Verbannten: Exiled
34. Vereinigung: Union
35. Vergebung: Forgiveness
36. Verkleidet: Disguised
37. Verständnisses: Understanding
38. Vorfreude: Anticipation
39. Wehte: Blew
40. Widrigkeiten: Adversities
41. Wiedersehen: Reunion
42. Zeuge: Witness
43. Zuschauern: Spectators
44. Überdauert: Endured
45. Überkam: Overcame

Ein Mittsommernachtstraum

1. Die Misere der Liebenden

In der lebhaften Stadt Athen verflechten sich die Leben von vier jungen Liebenden in einer Geschichte voller Liebe und Verwirrung.

Lysander und Hermia liebten sich sehr, ihre Herzen schlugen im Einklang. Doch Hermias Vater, Egeus, hatte andere Pläne für sie. Er wollte, dass sie Demetrius heiratet, einen jungen Mann von gutem Ruf, aber Hermias Herz gehörte Lysander.

In dieser Dreiecksbeziehung war auch Helena, Hermias enge Freundin. Sie liebte Demetrius heimlich, aber er hatte nur Augen für Hermia. Hermia und Lysander, entschlossen zusammen zu sein, planten zu fliehen. „Wir müssen Athen verlassen und anderswo unser Glück suchen", schlug Lysander vor.

Hermia stimmte zu, ihre Liebe zu Lysander leitend. „Lass uns heute Nacht im Wald treffen und von hier fliehen", flüsterte sie. Sie erzählten Helena von ihrem Plan, hofften auf ihre Unterstützung. Helena sah jedoch eine Chance, Demetrius für sich zu gewinnen. „Ich werde Demetrius davon erzählen, vielleicht sieht er dann meine Liebe", dachte sie.

In jener Nacht, als Hermia und Lysander sich im Wald trafen, voller Hoffnung, folgte Helena ihnen heimlich. Unwissend hatte Demetrius von ihrem Plan erfahren und folgte ihnen in den Wald, angetrieben von seiner Liebe zu Hermia.

Zur gleichen Zeit sorgten die Feen im Wald für Unfug. Oberon, der Feenkönig, hatte von den Liebenden gehört. Oberon sah eine Gelegenheit, Unruhe zu stiften, und beauftragte Puck, eine Zauberblume zu benutzen. „Diese Blume lässt jeden sich in die erste Person verlieben, die er sieht", erklärte Oberon schelmisch. Puck freute sich auf die Aufgabe und suchte nach den Athenern. „Das wird lustig", dachte er bei der Vorstellung von Liebe und Verwirrung.

Als die Nacht hereinbrach, wurde der Zauberwald Schauplatz einer Komödie voller Verwechslungen, wo Liebe und Magie sich zu einer unvergesslichen Geschichte verbanden.

1. Athenern: Athenians
2. Aufgabe: Task
3. Beauftragte: Commissioned
4. Dreiecksbeziehung: Love triangle
5. Einverstanden: Agreed
6. Erzählte: Told
7. Feenkönig: Fairy king
8. Fliehen: Flee
9. Gelegenheit: Opportunity
10. Geschichten: Stories
11. Gewinnen: Win
12. Glück: Happiness
13. Heimlich: Secretly
14. Herausforderung: Challenge
15. Hoffnung: Hope
16. Komödie: Comedy
17. Lebhaften: Lively
18. Liebenden: Lovers
19. Misere: Misery
20. Ruf: Reputation
21. Schauplatz: Scene
22. Schelmisch: Mischievous
23. Unterstützung: Support
24. Unfug: Mischief
25. Unvergesslich: Unforgettable
26. Unwissend: Unknowingly
27. Verlassen: Leave
28. Verlieben: Fall in love
29. Verwechslungen: Confusions
30. Verweirrung: Confusion
31. Vorstellung: Imagination
32. Zauberblume: Magic flower
33. Zusammen: Together

2. Feen-Unfug

In den Tiefen des verwunschenen Waldes machte sich Puck, die schelmische Fee, auf, Unruhe zu stiften. Er fand das junge athenische Liebespaar schlafend zwischen den Bäumen. Mit einem Grinsen trug Puck den Saft der Zauberblume auf Lysanders Augen auf. „Das wird interessant werden", dachte er, ohne sich seines bevorstehenden Fehlers bewusst zu sein.

Als Lysander erwachte, fiel sein Blick zuerst auf Helena, die auf der Suche nach Demetrius gewesen war. Sofort verkündete Lysander seine Liebe zu ihr, seine Worte waren leidenschaftlich und ernst. Helena war verblüfft und konnte nicht glauben, was sie hörte. „Soll das ein Scherz sein, Lysander? Wo ist Hermia?", fragte sie mit einer Mischung aus Verwirrung und Misstrauen in der Stimme.

In diesem Moment stolperte Demetrius, der immer noch hinter Hermia her war, über die Szene. Er war überrascht und verärgert, als er Lysander sah, der Helena seine Liebe erklärte. „Was für ein Spiel treibst du, Lysander?", verlangte er, während sein Temperament aufflammmte.

Anderswo wachte Hermia auf und stellte fest, dass Lysander verschwunden ist. Sie fühlte sich verlassen und verraten und begann eine verzweifelte Suche im Wald, rief nach ihm. Inzwischen erkannte Puck seinen Fehler und beschloss, ihn zu korrigieren. Er fand Demetrius und trug den Saft der Blume auch auf seine Augen auf.

Als Demetrius erwachte, fiel sein Blick auf Helena, und auch er verliebte sich unsterblich in sie. „Helena, du bist diejenige, die ich wirklich liebe", erklärte er, und sein Herz schwankte. Plötzlich erschien Hermia und stellte Helena zur Rede. „Warum hast du Lysander das Herz gestohlen?", warf sie vor, und ihr Herz brach. Helena, jetzt das Objekt der Begierde beider Männer, war überwältigt. „Ich verstehe nicht, was hier passiert. Das muss ein grausamer Scherz sein", sagte sie, den Tränen nahe.

Der Streit der Liebenden wurde immer hitziger, als sie versuchten, sich einen Reim auf das Chaos zu machen. Hermia fühlte sich von Lysander verraten, Helena war verwirrt von der plötzlichen Aufmerksamkeit, und die Männer waren sich uneins über ihre neu entdeckte Liebe zu Helena. Puck sah aus der Ferne zu, amüsiert über das Chaos, das er verursacht hatte. Der Wald war erfüllt vom Drama der Liebe, der Verwirrung und des Feenunfugs.

1. Amüsiert: Amused
2. Aufmerksamkeit: Attention
3. Aufflammte: Flared up
4. Auftrag: Mission
5. Begierde: Desire
6. Beschloss: Decided
7. Erklärte: Declared
8. Erwachte: Woke up
9. Fehlers: Mistake
10. Fielen: Fell
11. Fühlte: Felt
12. Grinsen: Grin
13. Grausamer: Cruel
14. Liebespaar: Lovers
15. Misstrauen: Distrust
16. Nahe: Close
17. Reim: Sense
18. Saft: Juice
19. Scherz: Joke
20. Schlafend: Sleeping
21. Schwankte: Wavered
22. Stolperte: Stumbled
23. Streit: Argument
24. Temperament: Temper
25. Tiefen: Depths
26. Unfug: Mischief
27. Unsterblich: Immortally
28. Verblüfft: Astonished
29. Verlassen: Left

30. Verliebte: Fell in love
31. Verwirrung: Confusion
32. Verzweifelte: Desperate
33. Verraten: Betrayed
34. Zauberblume: Magic flower

3. Mehr Verwirrung

Im mystischen Wald wurde Oberon, der Feenkönig, Zeuge des Chaos, das durch Pucks Unfug verursacht wurde. Als er das junge Liebespaar in Bedrängnis sah, wies er Puck an, die Dinge wieder in Ordnung zu bringen. „Das ist weit genug gegangen. Bring dieses Durcheinander in Ordnung", befahl Oberon mit Nachdruck. Mit einem Nicken machte sich Puck auf den Weg, um die Liebenden durch den Wald zu führen. Er inszenierte ihre Bewegungen so, dass sie müde wurden und schließlich einschliefen.

Während sie schliefen, trug Puck den Saft der Zauberblume auf Lysanders Augen auf. „Jetzt mache ich meinen Fehler wieder gut", murmelte er und hoffte, Lysanders Liebe zu Hermia wiederherzustellen. Als die Morgendämmerung anbrach und Lysander erwachte, entdeckten seine Augen Hermia. Seine Liebe zu ihr kehrte zurück, als wäre sie nie weg gewesen. „Hermia, meine Liebste, ich dachte, ich hätte dich verloren", rief er voller Freude aus.

Demetrius, der immer noch unter dem Bann der Blume stand, blieb in Helena verliebt. Als er sie beim Aufwachen sah, sagte er leise: „Helena, du bist diejenige, die ich wirklich begehre." Hermia und Lysander sind glücklich wieder vereint, ihre Liebe ist stärker als je zuvor. „Ich möchte nie wieder von dir getrennt sein", sagte Hermia und drückte Lysander an sich.

Auch Helena und Demetrius fanden in den Armen des jeweils anderen Frieden. Helena, die einst ein gebrochenes Herz hatte, erwiderte nun die Zuneigung von Demetrius. „Ich kann nicht glauben, dass es wirklich so ist", flüsterte sie, ihr Herz war voller Glück.

Das Liebespaar beschließt, den zauberhaften Wald zu verlassen und macht sich auf den Weg nach Athen. Unterwegs wurden sie von Theseus, dem Herzog von Athen, entdeckt. Theseus, der von ihrer Anwesenheit im Wald fasziniert war, hörte sich ihre Geschichte an. „Wir haben uns in Liebe und Verwirrung verloren", erklärte Lysander.

Nachdem er ihre Geschichte gehört hatte, traf Theseus eine Entscheidung. „Ihr sollt diejenigen heiraten, die ihr wirklich liebt", erklärte er, da er die Macht wahrer Zuneigung verstand. Die Liebenden, erleichtert und überglücklich, dankten Theseus. Sie gingen mit leichtem Herzen und guter Laune zurück nach Athen.

Als sie sich auf ihre Hochzeit vorbereiteten, erschien ihnen das Abenteuer im Wald fast wie ein Traum. Aber die Liebe, die sie empfanden, war so real wie die Sonne, die über Athen schien und eine strahlende Zukunft für jedes Paar versprach.

1. Anbrach: Dawned
2. Aufwachen: Waking up
3. Bedrängnis: Distress
4. Befahl: Ordered
5. Begehre: Desire
6. Bewegungen: Movements
7. Durcheinander: Mess
8. Einschliefen: Fell asleep
9. Entdeckten: Discovered
10. Erleichtert: Relieved
11. Erwiderte: Reciprocated
12. Fehler: Mistake
13. Fasziniert: Fascinated
14. Feenkönig: Fairy king
15. Frieden: Peace
16. Gebrochenes: Broken
17. Herzog: Duke
18. Hochzeit: Wedding
19. Inszenierte: Staged
20. Liebste: Beloved

21. Morgendämmerung: Dawn
22. Murmelte: Muttered
23. Mystischen: Mystical
24. Nachdruck: Emphasis
25. Nicken: Nod
26. Saft: Juice
27. Strahlende: Shining
28. Verloren: Lost
29. Verwirrung: Confusion
30. Wiederherzustellen: Restore
31. Zuneigung: Affection
32. Zuversicht: Confidence
33. Zusammen: Together
34. Zauberblume: Magic flower
35. Zauberhaften: Enchanted
36. Zuneigung: Affection

4. Die Probe des Stücks

In Athen probte eine Gruppe von Handwerkern, die sich mehr auf ihr Handwerk als auf die Schauspielerei verstand, ein Theaterstück. Ihr Traum war es, es bei der bevorstehenden Hochzeit des Herzogs aufzuführen. Das Stück, das sie auswählten, war eine tragische Geschichte über zwei unglücklich Liebende. Jede Zeile, die sie einstudierten, war voller Leidenschaft und Trauer, auch wenn ihre schauspielerische Leistung etwas mangelhaft war.

Sie beschlossen, in der Stille desselben Waldes zu üben, in dem die Liebenden ihr Abenteuer erlebten, in der Hoffnung, dass die natürliche Umgebung sie zu besseren Leistungen inspirieren würde. Unbemerkt von ihnen beobachtete Puck, die Fee mit dem Hang zum Unfug, die beiden. „Was haben wir denn hier?", kicherte er vor sich hin, während sich in seinem Kopf eine Idee formte.

In einem Moment des Unfugs verzauberte Puck einen der Schauspieler, Bottom, und verwandelte seinen Kopf in den eines Esels. „Das sollte die Sache beleben", dachte Puck und konnte sein Lachen kaum unterdrücken. Die anderen Handwerker, die Bottoms

Verwandlung sahen, waren entsetzt. Sie verstreuten sich in alle Richtungen und ließen Bottom allein im Wald zurück.

Bottom bemerkte sein neues Aussehen nicht und fragte sich, warum seine Freunde weggelaufen waren. „Vielleicht spielen sie mir einen Streich", überlegte er und beschloss, zu bleiben und allein weiter zu proben. In der Zwischenzeit war Titania, die Elfenkönigin, von Oberon verzaubert worden, sich in das erste Wesen zu verlieben, das sie sah. Als sie erwachte und Bottom mit seinem Eselskopf erblickte, verliebte sie sich sofort in ihn.

„Noch nie habe ich ein so edles, so einzigartiges Geschöpf gesehen", gurrte Titania, die Bottom mit viel Aufmerksamkeit und Zuneigung bedachte. Bottom war zwar völlig verwirrt von der plötzlichen Verehrung durch die Feenkönigin, konnte aber nicht umhin, die Aufmerksamkeit zu genießen. „Das ist sehr seltsam, aber angenehm", bemerkte er verwundert, aber auch geschmeichelt.

Oberon, der die ganze Szene aus der Ferne beobachtete, fand sie unglaublich amüsant. Er kicherte vor sich hin, zufrieden damit, wie sein Plan aufgegangen war. Der Wald wurde einmal mehr zur Bühne für Unerwartetes und Magisches, wobei die Grenzen zwischen Realität und Zauberei auf charmante Weise verschwammen.

1. Aufmerksamkeit: Attention
2. Aufzuführen: Perform
3. Aussehen: Appearance
4. Bedachte: Bestowed upon
5. Beobachtete: Observed
6. Beschlossen: Decided
7. Bühne: Stage
8. Einstudierten: Rehearsed
9. Elfenkönigin: Fairy queen
10. Entsetzt: Horrified
11. Erblickte: Spotted
12. Erwachte: Woke up
13. Eselskopf: Donkey's head

14. Feenkönigin: Fairy queen
15. Formte: Formed
16. Gurrte: Cooed
17. Handwerk: Craft
18. Handwerkern: Craftsmen
19. Herzogs: Duke's
20. Kicherte: Giggled
21. Leidenschaft: Passion
22. Mangelhaft: Lacking
23. Natürliche: Natural
24. Probte: Rehearsed
25. Richtungen: Directions
26. Schauspielerei: Acting
27. Schauspieler: Actor
28. Seltsam: Strange
29. Streich: Prank
30. Theaterstück: Play
31. Tragische: Tragic
32. Trauer: Grief
33. Umgebung: Environment
34. Unbemerkt: Unnoticed
35. Unglaublich: Incredibly
36. Unfugs: Mischief
37. Verliebte: Fell in love
38. Verstreuten: Scattered
39. Verwandlung: Transformation
40. Verzauberte: Enchanted
41. Verwirrung: Confusion
42. Wesen: Creature
43. Weggelaufen: Ran away
44. Zauberei: Magic
45. Zuneigung: Affection

5. Der Feenkonflikt

Im Herzen des Zauberwaldes gerieten Oberon, der König der Feen, und Titania, seine Königin, in einen heftigen Streit. Der Grund für ihren Streit war ein junger Wechselbalg. Oberon wollte, dass der Junge einer seiner Gefolgsleute wird, aber Titania beschützte ihn mit aller Kraft. „Er steht unter meiner Obhut, und ich werde ihn nicht aufgeben", erklärte sie fest.

Ihr Streit wurde immer heftiger, und die Auswirkungen waren in der ganzen Natur spürbar. Blumen verwelkten, und die Luft wurde angespannt, als ob der Wald selbst auf ihren Zwist reagierte. Um Titania abzulenken und den Jungen für sich zu gewinnen, schmiedete Oberon einen raffinierten Plan. Er beschloss, die Magie der Blume zu nutzen, die bewirkt, dass man sich in das erste Wesen verliebt, das man beim Aufwachen sieht.

Während Titania schlief, trug Oberon den Saft der Blume auf ihre Augen auf. „Mal sehen, wie sich das entwickelt", sinnierte er und erwartete ihre Reaktion beim Aufwachen. Als Titania ihre Augen öffnete, war das erste Wesen, das sie sah, Bottom, der immer noch den Kopf eines Esels trug. Der Zauber wirkte sofort, und sie verliebte sich in ihn, sehr zur Belustigung von Oberon.

Während Titania in Bottom verliebt war, nutzte Oberon die Gelegenheit, den Wechselbalg in seine Obhut zu nehmen. Puck schloss sich Oberon an, und gemeinsam beobachteten sie das Chaos unter den Sterblichen und die Verliebtheit von Titania in Bottom. Der Wald war erfüllt von Unerwartetem und Absurdem.

Schließlich erweichte Oberon sein Herz, als er Titanias Notlage sah. Er beschloss, die Verzauberung zu beenden. „Sie hat genug gelitten", sagte er mit einem Hauch von Reue in der Stimme. Er machte den Zauber rückgängig, und als Titania erwachte, stellte sie mit Entsetzen fest, dass sie einen Mann mit einem Eselskopf anhimmelte. „Was ist das für ein Zauber?", rief sie schockiert und verwirrt aus.

Titania versöhnte sich mit Oberon und vergab ihm, und beide lachten über die Absurdität der Situation. Gemeinsam beschlossen sie, die Ehen der jungen Athener Liebenden zu segnen, um ihr zukünftiges Glück zu sichern. Nachdem ihr Streit beigelegt und die Zukunft der Liebenden gesichert war, kehrte der Frieden in den Wald zurück. Die natürliche Welt erblühte wieder und spiegelte die wiederhergestellte Harmonie zwischen ihren magischen Bewohnern wider.

1. Absurdem: Absurd
2. Absurdität: Absurdity
3. Anhimmelte: Adored
4. Aufwachen: Wake up
5. Auswirkungen: Effects
6. Beendet: Ended
7. Beigelegt: Resolved
8. Belustigung: Amusement
9. Beschloss: Decided
10. Beschützte: Protected
11. Erblühte: Blossomed
12. Erweichte: Softened
13. Eselskopf: Donkey's head
14. Gefolgsleute: Followers
15. Gelegenheit: Opportunity
16. Gewinnen: Gain
17. Hauch: Hint
18. Notlage: Predicament
19. Obhut: Custody
20. Raffinierten: Cunning
21. Rückgängig: Reversed
22. Schockiert: Shocked
23. Segnen: Bless
24. Sinnierte: Mused
25. Spiegelte: Reflected
26. Sterblichen: Mortals
27. Streit: Quarrel
28. Unbewusst: Unnoticed
29. Unerwartetem: Unexpected
30. Verliebtheit: Infatuation
31. Verliebt: In love

32. Verzauberung: Enchantment
33. Verwirrung: Confusion
34. Verwunschenen: Enchanted
35. Verwüstung: Devastation
36. Wechselbalg: Changeling
37. Wehen: Breezes
38. Wirkte: Worked
39. Zauber: Magic
40. Zauberwaldes: Enchanted forest

6. Die Hochzeit der Liebenden

Nach ihrem zauberhaften Waldabenteuer kehrten die Liebenden in die belebten Straßen Athens zurück. Ihre Geschichte von Liebe und Verwirrung, die sie Theseus, dem Herzog von Athen, erzählten, rührte ihn zutiefst.

Theseus, der die Tiefe ihrer Zuneigung erkannte, stimmte zu, dass sie ihre gewählten Partner heiraten durften. „Die Liebe sollte solche Entscheidungen leiten", erklärte er.

Eine prächtige Dreifachhochzeit war geplant. Lysander und Hermia, die sehr verliebt waren, sollten heiraten. Demetrius, der nun wirklich in Helena verliebt war, war ebenfalls bereit, den Bund der Ehe einzugehen. Und Theseus selbst sollte Hippolyta, seine Königin, heiraten.

In Athen herrschte Feierstimmung. Die Straßen waren mit Blumen und Bannern geschmückt, und die Luft war erfüllt von Musik und dem Duft festlicher Speisen.

Zur Unterhaltung der Gäste führten die Handwerker, angeführt von Bottom, ihr Stück auf. Trotz ihrer mangelnden schauspielerischen Fähigkeiten war das Stück in seiner Ernsthaftigkeit liebenswert.

Die Aufführung war so charmant fehlerhaft, dass sie urkomisch wurde. Die Verliebten und die Hochzeitsgäste konnten nicht anders, als zu lachen und den Handwerkern zu applaudieren.

Bottom, der nun wieder zu seiner normalen Persönlichkeit zurückgefunden hat, spielt seine Rolle mit Begeisterung, ohne sich seiner jüngsten Eskapaden bewusst zu sein.

Die Nacht war ein Wirbelwind aus Freude, Lachen und Tanzen. Die Atmosphäre war unbeschwert, und die Luft war dick mit dem Gefühl des Glücks und des Feierns.

Alle freuten sich über das Glück der Paare. Jubel und Glückwünsche hallten durch die Hallen, und das Gefühl von Gemeinschaft und Freude war spürbar.

Die Liebenden, die von Freunden und Familie umgeben waren, empfanden tiefe Dankbarkeit für das glückliche Ende ihrer Reise. „Wir haben auf ganz unerwartete Weise Liebe und Verständnis gefunden", teilten sie einander mit.

Die Hochzeiten markierten ein freudiges Ende ihrer Abenteuer. Als die Nacht zu Ende ging, blickten die Paare auf ihre Zukunft, ihre Herzen voller Liebe und ihre Stimmung gut gelaunt mit dem Versprechen eines Neuanfangs.

1. Aufführung: Performance
2. Begeisterung: Enthusiasm
3. Bannern: Banners
4. Bund: Union
5. Dreifachhochzeit: Triple wedding
6. Duft: Scent
7. Eskapaden: Escapades
8. Feierstimmung: Festive mood
9. Feierns: Celebrating
10. Gemeinschaft: Community
11. Glückwünsche: Congratulations
12. Handwerker: Craftsmen
13. Hallen: Halls
14. Jubel: Cheers
15. Neuanfangs: New beginnings
16. Paare: Couples
17. Persönlichkeit: Personality

18. Rolle: Role
19. Rückgefunden: Found back
20. Speisen: Dishes
21. Stück: Play
22. Tanzen: Dancing
23. Tief: Deep
24. Unerwartete: Unexpected
25. Unterhaltung: Entertainment
26. Verliebt: In love
27. Verständnis: Understanding
28. Wirbelwind: Whirlwind
29. Zuneigung: Affection
30. Zurückgefunden: Found back
31. Zutiefst: Deeply

7. Ein Fest zur Mittsommernacht

Die Hochzeitsnacht in Athen war schlichtweg spektakulär, ein passender Abschluss für einen Tag voller Liebe und Vereinigung. Die Luft war erfüllt vom Geist des Feierns.

Unter dem Sternenhimmel schwelgten die frisch vermählten Paare in Erinnerungen an ihr Abenteuer im Wald. Sie lachten gemeinsam bei der Erinnerung an die Verwechslungen und Verwirrungen. „Das kommt mir jetzt alles so amüsant vor", sagte Hermia, und ihr Lachen mischte sich in das von Lysander.

In einem besonderen Moment erschienen Oberon und Titania, der König und die Königin der Feen, um die Paare zu segnen. Ihre Anwesenheit verlieh der Feier einen himmlischen Zauber.

Die Feen führten einen bezaubernden Tanz auf und zogen alle mit ihrer Anmut und Schönheit in ihren Bann. Der Palastgarten, in dem die Feierlichkeiten stattfanden, verwandelte sich in eine Szene aus einem Märchen.

Musik erfüllte jeden Winkel des Palastes, fröhliche Melodien und harmonische Klänge schufen eine festliche Atmosphäre. Die Paare und ihre Gäste schunkelten und tanzten, ihre Herzen waren leicht und voller Glück.

Lysander, Hermia, Demetrius und Helena nahmen sich einen ruhigen Moment, um über ihre Zukunft nachzudenken. „Wir haben so viel, worauf wir uns freuen können", sagte Demetrius und legte seinen Arm um Helena.

Sie sprachen über die Liebe, die Lektionen, die sie gelernt hatten, und die Freude, die sie aneinander fanden. „Unsere Liebe hat gesiegt", bemerkte Helena und ihre Augen leuchteten vor Glück.

Theseus, der Herzog, und Hippolyta, seine Herzogin, beobachteten die Feierlichkeiten mit Zufriedenheit. „Athen hat heute Abend neue Freude gefunden", stellte Theseus fest, und seine Augen spiegelten die Fröhlichkeit um ihn herum wider.

Die Handwerker, die stolz auf ihren theatralischen Beitrag waren, freuten sich über die Anerkennung, die sie erhielten. Bottom, der besonders begeistert war, erzählte jedem, der es hören wollte, von seinem Moment auf der Bühne.

Im Laufe des Abends nahm die magische Stimmung des Festes immer mehr zu. Die Luft war erfüllt von Liebe und Harmonie und hüllte alle in ein Gefühl der Einheit und Freude.

Die Gäste erzählten die Geschichte des Mittsommerabenteuers der Liebenden immer wieder neu, wobei jede Version schöner war als die vorherige. Die Geschichte wurde in Athen schnell zur Legende, eine Geschichte über die Liebe, die alle Widrigkeiten überwindet.

Umgeben von Freunden, der Familie und der magischen Präsenz von Feen feierten die Liebenden ihre Liebe und ihr Glück. Es war eine Nacht, an die man sich noch jahrelang erinnern würde, ein wahrer Mittsommernachtstraum.

1. Abschluss: Conclusion
2. Anerkennung: Recognition
3. Anmut: Grace
4. Anwesenheit: Presence
5. Auftritt: Performance

6. Begeistert: Enthusiastic
7. Bemerkte: Noted
8. Besonderen: Special
9. Erinnerungen: Memories
10. Erinnern: Remember
11. Erschienen: Appeared
12. Feen: Fairies
13. Feier: Celebration
14. Feierlichkeiten: Festivities
15. Fest: Festival
16. Fröhliche: Cheerful
17. Frisch: Fresh
18. Gelernt: Learned
19. Geist: Spirit
20. Glück: Happiness
21. Herzogin: Duchess
22. Himmlischen: Heavenly
23. Klänge: Sounds
24. Legte: Placed
25. Leuchteten: Shone
26. Märchen: Fairy tale
27. Palastgarten: Palace garden
28. Schönheit: Beauty
29. Schunkelten: Swayed
30. Segnen: Bless
31. Spektakulär: Spectacular
32. Stimmung: Mood
33. Theatralischen: Theatrical
34. Verwirrung: Confusion
35. Widrigkeiten: Adversities
36. Winkel: Corner
37. Zufriedenheit: Satisfaction

Liebe in Indien

1. Das zufällige Treffen

Im Herzen von Delhi verbrachte Arjun, ein junger, aufstrebender Künstler, seine Tage mit seiner Leidenschaft für die Kunst. Sein Traum war es, eines Tages seine Kunstwerke der Welt zu präsentieren.

Eines strahlenden Tages stellte er seine Staffelei auf einem belebten Markt auf, eine Leinwand für das pulsierende Leben der Stadt. Seine geschickten Hände erweckten die Essenz Delhis durch seine Skizzen zum Leben.

Meera, eine Literaturstudentin mit einer tiefen Liebe für Worte, schlenderte über denselben Markt. Sie war auf der Suche nach Inspiration in den unzähligen Farben und Geräuschen der belebten Straßen.

Als Meera vorbeiging, fiel ihr Blick auf Arjuns Kunstwerk. Fasziniert blieb sie stehen und bewunderte die Schönheit, die er eingefangen hatte. Ihre Blicke trafen sich, und es entstand sofort eine Verbindung.

Sie begannen zu plaudern, und ihr Gespräch verlief mühelos. Sie sprachen über die Schönheit der Kunst und die Tiefe der Poesie und fanden eine gemeinsame Basis in ihren Leidenschaften.

Meera war fasziniert von Arjuns frischem Blick auf die Kunst, seine Gedanken brachten Farbe in ihre Welt der Worte. „Deine Sicht auf die Welt ist wirklich einzigartig", bemerkte sie aufrichtig beeindruckt.

Arjun wiederum war fasziniert von Meeras umfassenden Kenntnissen der Literatur. „Ich habe noch nie jemanden getroffen, der die Poesie so gut versteht wie du", gestand er, und seine Bewunderung war deutlich in seiner Stimme zu hören.

Sie diskutierten über ihre Lieblingsautoren und -künstler und erzählten von ihren Inspirationen und Wünschen.

Arjun spürte eine seltene Verbundenheit und fragte schüchtern: „Hätten Sie etwas dagegen, wenn ich Sie einmal skizziere? Du hast eine sehr inspirierende Ausstrahlung."

Meera war gerührt von dieser Bitte und stimmte zu. Sie spürte, wie sich eine unbestreitbare Verbindung zu Arjun entwickelte. „Das würde ich gerne", sagte sie und ein Lächeln erhellte ihr Gesicht.

Bevor sie sich trennten, tauschten sie ihre Telefonnummern aus, denn beide waren begierig darauf, diese neu gewonnene Freundschaft fortzusetzen. „Ich schicke dir eine SMS wegen der Skizzen-Session", versprach Arjun.

Später an diesem Tag, zurück in seinem Atelier, fühlte Arjun eine Welle der Inspiration. Er begann, neue Kunstwerke zu schaffen, und sein Geist war voller Gedanken an Meera.

Meera saß derweil an ihrem Schreibtisch und las Gedichte. Die Verse wirkten lebendiger, als sie an Arjun und ihr Gespräch dachte.

Beide waren von diesem zufälligen Zusammentreffen aufgeregt. Es war, als hätten sich die belebten Straßen Delhis verschworen, um zwei verwandte Geister zusammenzubringen.

Sie verabredeten sich für die folgende Woche in einem örtlichen Café und freuten sich darauf, mehr über den jeweils anderen zu erfahren. Diese unerwartete Begegnung hatte eine Tür zu einer Welt voller neuer Möglichkeiten geöffnet.

1. Atelier: Studio
2. Aufgeregt: Excited
3. Aufstrebender: Aspiring
4. Ausstrahlung: Aura
5. Autoren: Authors
6. Beeindruckt: Impressed
7. Begeistig: Eager
8. Belebten: Bustling
9. Bemerkte: Noticed
10. Bewunderung: Admiration

11. Blick: Gaze
12. Diskutierten: Discussed
13. Eingefangen: Captured
14. Essenz: Essence
15. Fortzusetzen: Continue
16. Frischem: Fresh
17. Gedanken: Thoughts
18. Gefühle: Feelings
19. Geräuschen: Sounds
20. Geschickten: Skillful
21. Getroffen: Met
22. Gewonnene: Gained
23. Inspiration: Inspiration
24. Kenntnissen: Knowledge
25. Kunst: Art
26. Kunstwerke: Artworks
27. Leidenschaft: Passion
28. Leidenschaften: Passions
29. Leinwand: Canvas
30. Literaturstudentin: Literature student
31. Möglichkeit: Possibility
32. Mühelos: Effortlessly
33. Poesie: Poetry
34. Schreibtisch: Desk
35. Schüchtern: Shyly
36. Sicht: View
37. Skizziere: Sketch
38. Skizzen-Session: Sketching session
39. Spürte: Felt
40. Staffelei: Easel
41. Stimmte: Agreed
42. Telefonnummern: Phone numbers
43. Trennten: Parted
44. Unbestreitbare: Undeniable
45. Unzähligen: Countless
46. Verabredeten: Agreed
47. Verbundenheit: Connection
48. Verschworen: Conspired

49. Verwandte: Kindred
50. Welle: Wave
51. Wünschen: Desires
52. Zufällige: Accidental
53. Zusammentreffen: Encounter

2. Das Café-Gespräch

Arjun kam früher als geplant im Café an, eine Mischung aus Nervosität und Aufregung brodelte in ihm. Er hantierte mit seinem Skizzenbuch herum und wartete gespannt auf Meeras Ankunft.

Wenige Augenblicke später kam Meera herein, deren Eleganz durch einen traditionellen Salwar Kameez noch unterstrichen wurde. Ihr Erscheinen war wie ein frischer Wind, und Arjuns Herz machte einen Sprung.

Sie bestellten Masala Chai, den Inbegriff des indischen Tees, und suchten sich eine ruhige Ecke, um sich zu setzen. Das warme, würzige Aroma des Chai gab den perfekten Ton für ihr Gespräch an.

Während sie an ihrem Tee nippten, floss ihr Gespräch ganz natürlich dahin. Ihr Dialog hatte etwas Leichtes an sich, einen angenehmen Rhythmus, der sich sowohl spannend als auch vertraut anfühlte.

Arjun fühlte sich verbunden und öffnete sein Skizzenbuch, um seine Kunst mit Meera zu teilen. Jede Seite war ein Fenster in seine Seele, seine Träume in Tinte und Farbe gezeichnet.

Meera sah sich die Skizzen an und war von seinem Talent wirklich beeindruckt. „Deine Arbeit ist erstaunlich, Arjun. Du fängst wirklich die Essenz des Lebens ein", lobte sie und ihre Augen leuchteten vor Bewunderung.

Sie unterhielten sich über ihre Träume für die Zukunft. Arjun erzählte von seinem Wunsch, eine Kunstausstellung zu veranstalten, ein Traum, den er seit Jahren hegte.

Meera hörte ihm aufmerksam zu, ihr Glaube an sein Talent war offensichtlich. „Du musst es weiterverfolgen, Arjun. Deine Kunst verdient es, von der Welt gesehen zu werden", ermutigte sie ihn, ihre Worte waren aufrichtig und motivierend.

Ihr Lachen erfüllte das Café, als sie Anekdoten aus ihrer Kindheit erzählten, und jede Geschichte brachte sie einander näher.

Das gemütliche Ambiente des Cafés mit seiner sanften Beleuchtung und der leisen Musik trug dazu bei, dass sie sich wie in einer eigenen Welt fühlten.

Die Zeit schien wie im Flug zu vergehen, während sie sich unterhielten, verloren in ihrer eigenen kleinen Welt. Ehe sie sich versahen, waren Stunden vergangen.

Als sie sich verabschiedeten, trennten sich ihre Wege nur widerwillig, und sie hatten den Wunsch, diese neu entdeckte Freundschaft fortzusetzen. „Lass uns das bald wiederholen", sagte Arjun, und in seiner Stimme schwang Hoffnung mit.

Als Arjun das Café verließ, spürte er eine Welle von Kreativität und Optimismus. Die Begegnung mit Meera hatte etwas in ihm entfacht, einen Funken, den er schon lange nicht mehr gespürt hatte.

Meera verließ das Café mit einem leichten Herzen und einem Lächeln im Gesicht. Das Gespräch mit Arjun hatte ihren Geist beflügelt und sie glücklich und inspiriert zurückgelassen. Die Verbindung zwischen den beiden war unbestreitbar, und sie freute sich auf ihr nächstes Treffen.

1. Anekdoten: Anecdotes
2. Augenblicke: Moments
3. Begegnung: Encounter
4. Beeindruckt: Impressed
5. Beleuchtung: Lighting
6. Beflügelt: Uplifted
7. Bestellten: Ordered
8. Brodelte: Simmered
9. Chai: Chai
10. Dialog: Dialogue

11. Ecke: Corner
12. Eleganz: Elegance
13. Entfacht: Ignited
14. Ermutigte: Encouraged
15. Erscheinen: Appearance
16. Essenz: Essence
17. Fortzusetzen: Continue
18. Funken: Spark
19. Gezeichnet: Drawn
20. Inbegriff: Epitome
21. Kunst: Art
22. Kunstausstellung: Art exhibition
23. Kunstwerke: Artworks
24. Nervosität: Nervousness
25. Sanfte: Soft
26. Schien: Seemed
27. Skizzen: Sketches
28. Skizzenbuch: Sketchbook
29. Spannend: Exciting
30. Stimme: Voice
31. Tasse: Cup
32. Verabschiedeten: Said goodbye
33. Verbindung: Connection
34. Verließen: Left
35. Verloren: Lost
36. Wiederholen: Repeat

3. Ein Tag der Kunst und Poesie

Arjun lud Meera voller Vorfreude in sein Kunstatelier ein, einen Ort, an dem seine Kreativität zum Leben erwachte. Das Atelier war zwar klein, aber es spiegelte seinen künstlerischen Geist wider und war mit Leinwänden und Skizzen geschmückt.

Als Meera ankam, trug sie ein Buch mit Gedichten bei sich, dessen Seiten von Liebe und Gebrauch abgenutzt waren. „Ich dachte, das könnte dich inspirieren", sagte sie und reichte Arjun das Buch.

Während Arjun seine Staffelei aufstellte, begann Meera, Verse vorzulesen. Ihre Stimme, klar und melodiös, erfüllte das Atelier und umhüllte sie wie eine warme Umarmung. Die Poesie hauchte Arjuns Skizzen Leben ein, jede Zeile beeinflusste seine Pinselstriche.

Sie unterhielten sich darüber, wie Kunst und Literatur oft miteinander verwoben sind und sich gegenseitig bereichern. „Deine Kunst erweckt diese Worte auf eine neue Art und Weise zum Leben", bemerkte Meera, während ihre Augen der Bewegung von Arjuns Pinsel folgten.

Arjun fühlte eine Welle der Inspiration und bat Meera, für ein Porträt zu posieren. Sie willigte ein und saß anmutig, während er skizzierte. Die Sitzung war unbeschwert, mit leichtem Lachen und anregenden Gesprächen gefüllt.

Mit jeder Linie und Schattierung hat Arjun nicht nur Meeras Aussehen, sondern auch ihr Wesen eingefangen. Die Skizze war eine Mischung aus Realismus und Gefühl, ein Beweis für die Verbindung, die sich zwischen den beiden entwickelt hat.

Als Meera das Porträt sah, war sie tief bewegt. „Ich kann nicht glauben, dass du mich so perfekt eingefangen hast", sagte sie leise, und in ihren Augen spiegelte sich eine Mischung aus Überraschung und Dankbarkeit.

Sie teilten sich ein hausgemachtes Mittagessen im Studio, wobei die Einfachheit der Mahlzeit die Reichhaltigkeit ihrer Unterhaltung ergänzte. Während sie aßen, vertiefte sich ihre Verbindung, die durch gemeinsame Interessen und gegenseitigen Respekt überbrückt wurde.

Arjun fühlte eine unbestreitbare Anziehungskraft auf Meera, ihre Anwesenheit entfachte einen Funken in ihm. „Ich habe noch nie jemanden getroffen, der meine Kunst so versteht wie du", gestand er.

Meera wiederum fühlte sich von Arjuns Leidenschaft und Hingabe an sein Handwerk angezogen. „Deine Kunst ist ein Spiegelbild deiner Seele", erwiderte sie, und ihre Bewunderung für ihn wuchs.

Als sich der Tag dem Ende zuneigte, spürten beide, wie sich ihre Bindung festigte und ein gegenseitiges Verständnis und eine gegenseitige Wertschätzung die Grundlage ihrer Beziehung bildeten.

Bevor sie sich trennten, planten sie ihren nächsten Ausflug. „Nächstes Mal wollen wir das historische Fort besuchen. Es ist ein Ort voller Geschichten", schlug Meera vor, deren Augen vor Aufregung funkelten.

Arjun stimmte begeistert zu und freute sich schon darauf, einen weiteren Tag mit Meera zu verbringen. Als sie das Atelier verließ, blieb das Bild von ihr, wie sie dort inmitten von Kunst und Poesie saß, in seinem Kopf haften, eine schöne Erinnerung, von der er wusste, dass sie ihn zu vielen weiteren Skizzen inspirieren würde.

1. Angezogen: Attracted
2. Anmutig: Gracefully
3. Anregenden: Stimulating
4. Anziehungskraft: Attraction
5. Aufregung: Excitement
6. Ausflug: Excursion
7. Aussehen: Appearance
8. Beeindruckt: Impressed
9. Begeistert: Excited
10. Bewegung: Movement
11. Bindung: Bond
12. Dankbarkeit: Gratitude
13. Eingefangen: Captured
14. Einfachheit: Simplicity
15. Einzufangen: Capture
16. Entfachte: Ignited
17. Ergriffen: Moved
18. Erwiderte: Responded
19. Erweckt: Awakens
20. Funken: Spark
21. Gegenseitigen: Mutual
22. Geleitet: Guided

23. Gemeinsame: Common
24. Geschichten: Stories
25. Gestand: Confessed
26. Handwerk: Craft
27. Hausgemachtes: Homemade
28. Hingabe: Devotion
29. Interessen: Interests
30. Kunstatelier: Art studio
31. Künstlerischen: Artistic
32. Leidenschaft: Passion
33. Linie: Line
34. Mahlzeit: Meal
35. Posieren: Pose
36. Realismus: Realism
37. Reichhaltigkeit: Richness
38. Schattierung: Shading
39. Skizze: Sketch
40. Skizzenbuch: Sketchbook
41. Spiegelbild: Reflection
42. Staffelei: Easel
43. Trennten: Parted
44. Unterhaltung: Conversation
45. Verbindung: Connection
46. Versteht: Understands
47. Verwoben: Intertwined
48. Vorfreude: Anticipation
49. Wertschätzung: Appreciation
50. Wesen: Essence
51. Zeile: Line

4. Gemeinsam Geschichte erforschen

Arjun und Meera planten einen Besuch in einem der alten Forts von Delhi, einem Ort reich an Geschichte und Geschichten. Als sie durch den großen Eingang schritten, waren sie beeindruckt von der majestätischen Architektur, die ein Zeugnis der Zeit ist.

Arjun war mit seinem künstlerischen Auge damit beschäftigt, Fotos von der Festung zu schießen. „Die werden perfekt für mein nächstes Gemälde sein", bemerkte er und richtete sein Objektiv auf die komplizierten Details der alten Mauern.

Meera, die sich für Geschichte begeistert, erzählte faszinierende Fakten und Legenden über das Fort. „Wusstest du, dass dieses Fort seit Jahrhunderten steht und den Aufstieg und Fall vieler Reiche miterlebt hat?", erklärte sie mit aufgeregter Stimme.

Ihre Beziehung, die mit einem zufälligen Treffen begonnen hatte, fühlte sich nun tiefgründig und richtig an. Der Tag im Fort war nicht nur eine Reise durch die Geschichte, sondern auch ein bedeutender Schritt in ihrer aufblühenden Beziehung gewesen.

Sie kletterten auf den höchsten Punkt des Forts, wo sie mit einem atemberaubenden Panoramablick auf die Stadt begrüßt wurden. Die weitläufige Landschaft Delhis lag vor ihnen, eine Mischung aus Alt und Neu.

„Deine Geschichtskenntnisse sind beeindruckend, Meera", sagte Arjun und bewunderte ihre Leidenschaft für das Thema aufrichtig.

Sie suchten sich einen abgelegenen Platz abseits der Menge und setzten sich, um die ruhige Atmosphäre zu genießen. Ihr Gespräch verlagerte sich langsam von der Geschichte zu persönlicheren Themen.

Arjun erzählte von seinen Träumen und Ängsten. „Manchmal mache ich mir Sorgen um meine Zukunft. Was ist, wenn ich nicht erreiche, wonach ich strebe?", gestand er und sah Meera mit verletzlichen Augen an.

Meera hörte ihm aufmerksam zu, dann beruhigte sie ihn. „Arjun, dein Talent und deine Hingabe sind unbestreitbar. Du bist für große Dinge bestimmt", sagte sie voller Überzeugung.

Als die Sonne unterzugehen begann und einen goldenen Schimmer über die Stadt warf, saßen sie schweigend da und beobachteten, wie der Tag zur Nacht wurde. Der Moment fühlte sich surreal an, fast so, als ob die Zeit stehen geblieben wäre.

In dieser Stille vertieften sich ihre Gefühle füreinander. Es war ein echter Moment der Verbundenheit, unausgesprochen und doch kraftvoll spürbar.

Als sie zurückgingen, fanden ihre Hände zueinander und verschränkten sich ganz natürlich. Es war das erste Mal, dass sie sich an den Händen hielten, und doch fühlte es sich vertraut an, als wären ihre Hände dazu bestimmt, zusammen zu passen.

1. Atemberaubend: Breathtaking
2. Aufgeregter: Excited
3. Aufstieg: Rise
4. Bemerkte: Noted
5. Beruhigte: Comforted
6. Besuch: Visit
7. Beziehung: Relationship
8. Erklärt: Explained
9. Fakten: Facts
10. Festung: Fortress
11. Fühlte: Felt
12. Gelernt: Learned
13. Gemeinsam: Together
14. Gemälde: Painting
15. Geschichtskenntnisse: Historical knowledge
16. Gespräch: Conversation
17. Gestand: Confessed
18. Hingabe: Dedication
19. Jahrhunderten: Centuries
20. Kletterten: Climbed
21. Komplizierten: Complicated
22. Kunstlerischen: Artistic
23. Landschaft: Landscape
24. Leidenschaft: Passion
25. Menge: Crowd
26. Objektiv: Lens
27. Panoramablick: Panoramic view
28. Reiche: Empires
29. Schimmer: Glimmer

30. Schweigend: Silently
31. Tiefgründig: Profound
32. Überzeugung: Conviction
33. Unaufgesprochen: Unspoken
34. Unbestreitbar: Undeniable
35. Unterzugehen: Set
36. Verletzlichen: Vulnerable
37. Vertraut: Familiar
38. Warf: Cast, threw
39. Weitläufige: Expansive
40. Wirkte: Appeared
41. Zueinander: Toward each other
42. Zusammen: Together
43. Zurückgingen: Went back

5. Die Kunstausstellung

Der Tag von Arjuns erster Kunstausstellung war endlich gekommen. In der örtlichen Galerie, die wegen ihres gemütlichen und doch eleganten Ambientes ausgewählt wurde, herrschte große Aufregung und Vorfreude.

Meera war eine Stütze für Arjun, half ihm bei den Vorbereitungen und ermutigte ihn ständig. „Deine Kunst wird alle begeistern", versicherte sie ihm mit einem warmen Lächeln.

Als die ersten Gäste eintrafen, zogen Arjuns Kunstwerke, die die Wände der Galerie schmückten, Bewunderung und Lob auf sich. Die leuchtenden Farben und die emotionale Tiefe jedes Werks erzählten eine Geschichte und zogen die Besucher in ihren Bann.

Meera, die inmitten der Menge stand, fühlte eine Welle des Stolzes auf Arjuns Leistungen. Als sie sah, wie er mit den Gästen interagierte, schwoll ihr Herz vor Glück und Bewunderung an.

In einem ruhigen Moment zog Arjun Meera zur Seite. „Diese Nacht, dieser Erfolg, das ist alles dein Verdienst. Du warst meine Muse, meine Inspiration", sagte er und seine Augen spiegelten aufrichtige Dankbarkeit wider.

Die Galerie war ein Farbspektakel, jedes Bild ein Fenster in Arjuns Seele, und die Emotionen, die sie in den Betrachtern hervorriefen, waren greifbar.

Meeras Eltern, die gekommen waren, um Arjuns Talent zu sehen, waren tief beeindruckt. „Er ist nicht nur ein Künstler, sondern auch ein Geschichtenerzähler", kommentierte Meeras Vater und schaute sich staunend um.

Auch Arjuns Familie war anwesend und teilte die Freude über seinen Erfolg. Ihre Gesichter strahlten vor Stolz und sie gratulierten ihm zu seinen Erfolgen.

Der Abend fühlte sich nicht nur wie eine Feier der Kunst an, sondern auch der Liebe, die zwischen Arjun und Meera aufblühte. Die Verbindung zwischen den beiden war offensichtlich und verlieh dem Anlass eine besondere Wärme.

Während eine langsame Melodie die Galerie erfüllte, tanzten Arjun und Meera gemeinsam. Ihre Bewegungen waren in perfekter Harmonie und zogen bewundernde Blicke der Zuschauer auf sich.

Die Zuneigung zwischen ihnen war für alle sichtbar, und ihr Tanz war ein stilles Zeugnis für die Tiefe ihrer Gefühle.

Dieser Abend markierte einen wichtigen Wendepunkt in ihrer Beziehung. Umgeben von Kunst und in sanftes Licht getaucht, erkannten sie, dass das, was sie teilten, tiefgreifender war, als sie anfangs gedacht hatten.

Als die Ausstellung zu Ende ging, wussten beide, ohne ein Wort sagen zu müssen, dass sie sich ineinander verliebt hatten. Die Galerie, gefüllt mit Arjuns Kunst, war Zeuge des Beginns ihrer gemeinsamen Reise geworden.

1. Ambiente: Ambience
2. Anwesend: Present
3. Aufregung: Excitement
4. Ausstellung: Exhibition
5. Beeindruckt: Impressed
6. Betrachtern: Viewers

7. Bewundernde: Admiring
8. Bewunderung: Admiration
9. Erfolg: Success
10. Erkannten: Recognized
11. Farbspektakel: Color spectacle
12. Geschichtenerzähler: Storyteller
13. Gratulierten: Congratulated
14. Greifbar: Tangible
15. Hervorriefen: Elicited
16. Inspiration: Inspiration
17. Interagierte: Interacted
18. Leistungen: Achievements
19. Lob: Praise
20. Stütze: Support
21. Tiefe: Depth
22. Umgeben: Surrounded
23. Verdienst: Merit
24. Verliehen: Lent
25. Vorbereitungen: Preparations
26. Welle: Wave
27. Wendepunkt: Turning point
28. Zuschauer: Spectators
29. Zuneigung: Affection

6. Ein romantischer Vorschlag

Arjun hatte sich entschlossen. Er wollte den Rest seines Lebens mit Meera verbringen. Mit einem Herzen voller Liebe und einem Plan im Kopf beschloss er, ihr auf dem Markt, wo sie sich zum ersten Mal trafen, einen Heiratsantrag zu machen - ein Ort, der für sie beide eine besondere Bedeutung hatte.

Als der Tag näher rückte, spürte Meera eine gewisse Aufregung um Arjun. In seinen Augen funkelte ein Geheimnis, und sie spürte ein Flattern der Vorfreude.

Unter dem Abendhimmel, an ihrem besonderen Platz auf dem Markt, umgeben von den leuchtenden Farben und Geräuschen der Stadt, nahm Arjun Meeras Hände in seine. „Meera, von dem Tag an, an dem wir uns kennengelernt haben, war mein Leben voller Farben, die ich nicht kannte", begann er, und seine Stimme war voller Gefühl.

Er erinnerte sich an ihren gemeinsamen Weg, an jeden gemeinsamen Moment, jedes Lachen, jedes Gespräch, das sie einander näher brachte. „Du hast mich inspiriert, mich herausgefordert und mich geliebt", fuhr er fort und sah ihr in die Augen.

Dann, in einem Moment, der sich anfühlte, als käme er direkt aus einem romantischen Film, ging Arjun auf die Knie. Er hielt sanft Meeras Hand und stellte die Frage, die ihr Leben vereinen sollte: „Meera, willst du mich heiraten?"

Meera, überwältigt von Freude und Liebe, mit Tränen in den Augen, sagte „Ja!". Ihre Stimme war eine Mischung aus Lachen und Tränen, ein Zeugnis für die Tiefe ihrer Gefühle.

Sie umarmten sich, und der Markt um sie herum verschwamm in der Ferne. Die Passanten, die diesen schönen Moment miterlebten, jubelten und gratulierten dem glücklichen Paar.

Der Moment war magisch, fast surreal. Es fühlte sich an, als sei die Zeit stehen geblieben, und in diesem Moment gab es nur Arjun und Meera, zwei Herzen, die wie eins schlugen.

Sie feierten ihre Verlobung mit einem Abendessen in ihrem Lieblingscafé, dem Ort, an dem sie schon viele Gespräche geführt und Träume geteilt hatten.

Aufgeregt rief Meera ihre Eltern an, um ihnen die Neuigkeit mitzuteilen. „Er hat mir einen Heiratsantrag gemacht, und ich habe Ja gesagt", sagte sie, und ihre Stimme war eine Melodie des Glücks.

Arjun, der Meeras Hand auf der anderen Seite des Tisches hielt, fühlte sich wie der glücklichste Mann der Welt. Sein Herz war voll, und seine Augen leuchteten von der Liebe, die er für Meera empfand.

Beim Abendessen sprachen sie über ihre Zukunft, ihre Pläne und Träume. Das Gespräch war erfüllt von Hoffnung, Liebe und einem Gefühl der Zusammengehörigkeit.

Diese Nacht markierte den wunderschönen Beginn eines neuen Kapitels in ihrem Leben. Unter dem Sternenhimmel von Delhi begaben sich Arjun und Meera auf eine Reise in eine gemeinsame Zukunft, wobei ihre Liebe das führende Licht war.

1. Abendessen: Dinner
2. Anfühlen: Feel
3. Aufgeregt: Excited
4. Aufregung: Excitement
5. Empfand: Felt
6. Erinnerte: Reminded
7. Flattern: Flutter
8. Gemeinsam: Together
9. Geräuschen: Sounds
10. Gespräche: Conversations
11. Glücklichsten: Happiest
12. Heiratsantrag: Marriage proposal
13. Herausgefordert: Challenged
14. Kennengelernt: Met
15. Knie: Knee
16. Leuchtenden: Shining
17. Passanten: Passersby
18. Schlugen: Beat
19. Spürte: Felt
20. Sternenhimmel: Starry sky
21. Stimmung: Atmosphere
22. Umarmten: Hugged
23. Verlobung: Engagement
24. Verschwamm: Blurred
25. Vertraut: Familiar
26. Vorfreude: Anticipation
27. Zeugnis: Testament
28. Zusammengehörigkeit: Togetherness

7. Eine fröhliche Hochzeit

Der Tag, auf den Arjun und Meera so sehnsüchtig gewartet hatten, war endlich gekommen - ihr Hochzeitstag. Es war ein Tag voller Liebe, Freude und dem Versprechen auf eine schöne gemeinsame Zukunft.

Die Hochzeitszeremonie war eine Mischung aus traditionellen und modernen Elementen und spiegelte die einzigartige Reise des Paares wider. Freunde und Familie versammelten sich, um diesen besonderen Anlass zu bezeugen und zu feiern - ein Beweis für die Liebe und Unterstützung, die das Paar umgibt.

Meera sah in ihrem atemberaubenden Brautkleid wie eine Vision aus. Ihre rote Lehenga, die mit aufwendigen Stickereien und zartem Schmuck verziert war, unterstrich ihre strahlende Schönheit. Arjun, der ebenso schneidig aussah, trug einen traditionellen Sherwani, der perfekt zu Meeras Kleidung passte.

Der Hochzeitsort war erfüllt von leuchtenden Farben, Musik und Tanz. Die Schläge der Dhol, einer traditionellen indischen Trommel, hallten durch die Luft, als Arjun auf einem weißen Pferd reitend seinen Auftritt hatte, ein Symbol für seine große Ankunft.

Als Arjun und Meera zusammenstanden und in einer herzlichen Zeremonie ihr Eheversprechen ablegten, leuchteten ihre Liebe und ihr Glück für alle sichtbar auf. Die Versprechen, die sie sich gegenseitig gaben, waren aufrichtig und voller Hoffnung auf eine Zukunft voller Liebe und Zweisamkeit.

Der anschließende Empfang war eine große Angelegenheit. Arjun und Meera hatten einen besonderen Tanz einstudiert, und als sie ihn gemeinsam aufführten, waren ihre Gäste von der Harmonie und Einheit, die sie teilten, berührt.

Die Gäste überhäuften das frisch vermählte Paar mit Segenswünschen und Geschenken und wünschten ihnen ein Leben lang Glück und Wohlstand. Das Paar schnitt seine Hochzeitstorte an und teilte einen Moment des Lachens und der Freude, als sie sich gegenseitig das erste Stück gaben.

Der Abend war ein perfekter Höhepunkt ihrer Liebesgeschichte, eine Feier ihrer Reise von einer zufälligen Begegnung zu einer wunderschönen Ehe. Arjun und Meera traten ihr Eheleben mit Herzen voller Hoffnung und Liebe an, bereit, sich der Welt gemeinsam zu stellen, Hand in Hand. Ihre Liebesgeschichte hatte sich zu einer lebenslangen Verpflichtung entwickelt, ein Zeugnis für die Macht der Liebe und des Schicksals.

1. Angelegenheit: Affair
2. Anlass: Occasion
3. Auftritt: Appearance
4. Aufwendigen: Elaborate
5. Aufführten: Performed
6. Begegnung: Encounter
7. Bezeugen: Witness
8. Brautkleid: Wedding dress
9. Einzigartige: Unique
10. Empfang: Reception
11. Eheleben: Married life
12. Eheversprechen: Wedding vows
13. Elementen: Elements
14. Feiern: Celebrate
15. Geschenken: Gifts
16. Herzerwärmend: Heartwarming
17. Hochzeit: Wedding
18. Hochzeitsort: Wedding venue
19. Hochzeitstag: Wedding day
20. Hochzeitstorte: Wedding cake
21. Reitend: Riding
22. Schläge: Beats
23. Schmuck: Jewelry
24. Schneidig: Dapper
25. Schönheit: Beauty
26. Segenswünschen: Blessings
27. Sherwani: Sherwani (traditional Indian attire)
28. Stück: Piece
29. Traditionellen: Traditional

30. Versammelten: Gathered
31. Versprechen: Promises
32. Wohlstand: Prosperity
33. Zeremonie: Ceremony
34. Zufälligen: Random
35. Zweisamkeit: Togetherness
36. Zweisamkeit: Togetherness

Liebe in den Mooren von Yorkshire

1. Das zufällige Treffen

Jane war gerade in ein kleines Dorf in Yorkshire gezogen und wollte einen Neuanfang wagen. Als freundliche und fürsorgliche Lehrerin freute sie sich auf ein neues Leben. Die Schönheit der Moorlandschaft mit ihren sanften Hügeln und ihrer friedlichen Atmosphäre zog sie in ihren Bann. Als sie dort spazieren ging, fühlte sie ein Gefühl der Ruhe und Zufriedenheit.

Als Jane an einem sonnigen Tag einen gewundenen Weg entlangging, sah sie einen Mann mit einem freundlichen Hund. Der Mann, Tom, war ein örtlicher Landwirt, der für seine harte Arbeit und sein gutes Herz bekannt war. Er begrüßte Jane mit einem herzlichen Lächeln und stellte sich und seinen Hund Max vor.

„Hallo, ich bin Tom. Und dieser Frechdachs ist Max", sagte Tom, während der Hund aufgeregt mit dem Schwanz wedelte.

„Hallo, ich bin Jane. Ich bin gerade hierher gezogen", antwortete Jane und lächelte Max an.

Sie begannen zu plaudern, wobei Jane ihre Bewunderung für die atemberaubende Heidelandschaft zum Ausdruck brachte. Tom erzählte im Gegenzug wenig bekannte Fakten über das Dorf und seine Umgebung. Jane fand Toms Wissen und Freundlichkeit sehr ansprechend.

„Was führt dich in unser kleines Dorf?" fragte Tom neugierig. „Ich bin Lehrer. Ich wollte eine Veränderung, und dieser Ort schien mir perfekt", erklärte Jane.

„Es ist ein wunderbarer Ort. Ruhig, aber mit einem starken Gemeinschaftssinn. Du wirst dich hier wohlfühlen", versicherte Tom ihr.

Zufällig trafen sie sich im örtlichen Café wieder. Sie unterhielten sich ganz natürlich, lachten viel und teilten ihre Interessen. Jane fühlte sich sofort mit Tom verbunden, und er schien aufrichtig an ihren Gedanken und Erfahrungen interessiert zu sein.

„Das ist ein schönes Café, nicht wahr?" bemerkte Jane und sah sich um. „Ja, es ist ein beliebter Ort für die Einheimischen. Toller Kaffee und die besten Kuchen", antwortete Tom mit einem Grinsen.

Während sie sich unterhielten, schlug Tom vor, Jane das Dorf zu zeigen. Sie stimmte eifrig zu und war gespannt darauf, mehr über ihr neues Zuhause zu erfahren. Sie verbrachten den Tag damit, örtliche Sehenswürdigkeiten zu besichtigen, wobei Tom Geschichten und Anekdoten über jeden Ort erzählte. Jane fühlte sich von Toms Gastfreundschaft und Offenheit herzlich willkommen.

„Ich wusste nicht, dass es hier so viel Geschichte gibt", sagte Jane erstaunt.

„Es gibt eine Menge zu entdecken. Ich bin froh, jemand Neues zu haben, mit dem ich es teilen kann", antwortete Tom und seine Augen funkelten.

Jane fand Toms Sicht auf das Dorfleben erfrischend. Er sah die Schönheit in den einfachen Dingen und hatte eine große Wertschätzung für die Natur und die Gemeinschaft. Sie vereinbarten, sich wieder zu einem Spaziergang im Moor zu treffen, und freuten sich beide darauf, mehr Zeit miteinander zu verbringen.

Als Jane nach Hause ging, konnte sie nicht anders, als sich auf das Wiedersehen mit Tom zu freuen. Sie dachte an ihre Gespräche, sein freundliches Lächeln und die Art, wie er ihr das Gefühl gab, sich wohl zu fühlen. Es war der Beginn von etwas Besonderem, und Jane spürte eine hoffnungsvolle Vorfreude auf das, was noch kommen würde.

1. Ausdruck: Expression
2. Bewunderung: Admiration
3. Dorfleben: Village life
4. Einheimischen: Locals, natives
5. Entdecken: Discover
6. Erfrischend: Refreshing

7. Erstaunt: Astonished
8. Frechdachs: Rascal
9. Freundlich: Friendly
10. Freuen: Look forward
11. Gemeinschaft: Community
12. Gemeinschaftssinn: Sense of community
13. Gespannt: Excited
14. Geschichten: Stories
15. Gewundenen: Winding
16. Grinsen: Grin
17. Heidelandschaft: Heathland
18. Hoffnungsvolle: Hopeful
19. Kuchen: Cakes
20. Kaffee: Coffee
21. Landschaft: Landscape
22. Lehrer: Teacher
23. Lächelte: Smiled
24. Moor: Moor
25. Moorlandschaft: Moor landscape
26. Neuanfang: New beginning
27. Neugierig: Curious
28. Offenheit: Openness
29. Ruhe: Peace
30. Sanften: Gentle
31. Schönheit: Beauty
32. Sehenswürdigkeiten: Attractions
33. Spaziergang: Walk
34. Spürte: Felt
35. Traditionellen: Traditional
36. Umgeben: Surrounded
37. Unterhielten: Talked
38. Veränderung: Change
39. Vereinbarten: Agreed
40. Versicherte: Assured
41. Vorfreude: Anticipation
42. Wiedersehen: Reunion
43. Wohlfühlen: Feel comfortable
44. Zufällig: Coincidentally

2. Näher heranrücken

Jane und Tom wanderten immer öfter gemeinsam durch die Moore. Diese Spaziergänge waren mit endlosen Gesprächen gefüllt, in denen sie ihre Vergangenheit und ihre Träume für die Zukunft teilten. Jane erzählte von ihrer Liebe zum Unterrichten, ihre Augen leuchteten vor Begeisterung. Tom wiederum erzählte leidenschaftlich von seinem Leben als Landwirt, wobei seine Hände lebhaft gestikulierten, als er seine täglichen Abläufe und die Zyklen der Natur beschrieb.

„Ich habe das Unterrichten immer als so lohnend empfunden", sagte Jane mit warmer Stimme. „Zu sehen, wie die Kinder lernen und sich entwickeln, ist einfach wunderbar."

„Das kann ich mir vorstellen", antwortete Tom. „Für mich ist die Landwirtschaft ein bisschen wie das. Ich sehe zu, wie die Pflanzen wachsen, kümmere mich um die Tiere. Es ist harte Arbeit, aber so erfüllend."

Bei ihren Spaziergängen ging es nicht nur um Gespräche, sondern auch um den Austausch von Erfahrungen und Gefühlen. Jane begann, Tom auf seiner Farm zu helfen, lernte, die Tiere zu füttern und lachte, als sie versuchte, mit dem energiegeladenen Farmleben Schritt zu halten. Tom zeigte Jane seine Lieblingsplätze in den Mooren, Orte, an denen die Aussicht atemberaubend war und die Welt stillzustehen schien.

An einem sonnigen Nachmittag breiteten sie eine Decke für ein Picknick aus, umgeben von der atemberaubenden Schönheit der Natur. Sie saßen dicht beieinander, tauschten Sandwiches und Geschichten aus und fühlten sich in der Gesellschaft des anderen wohl und geborgen.

„Das ist einfach wunderschön", sagte Jane und betrachtete die Landschaft. „Ich habe mich noch nie so wohl gefühlt."

„Es ist etwas Besonderes, nicht wahr?" Tom stimmte zu und sah sie lächelnd an.

Mit jedem Treffen vertiefte sich ihre Freundschaft. Jane bewunderte Toms Engagement für seine Farm, wie er im Morgengrauen aufwachte und unermüdlich arbeitete, immer mit einem Gefühl von Stolz und Zielstrebigkeit. Tom wiederum respektierte Janes Intelligenz und Freundlichkeit, wie sie mit solcher Sorgfalt und Zuneigung über ihre Schüler sprach.

Trotz ihrer wachsenden Anziehungskraft zögerten sie beide, ihre Gefühle auszudrücken, da sie nicht wussten, wie der andere reagieren würde. Doch ihre Freunde bemerkten die Chemie zwischen ihnen und die Blicke, die sie sich zuwarfen.

„Tom, glaubst du..." begann Jane eines Tages, und ihre Stimme wurde leiser.

„Was ist los, Jane?" fragte Tom sanft.

„Ich habe mich nur gefragt, was mit uns ist, wohin das führt", sagte Jane und sah ihn ernst an.

Tom holte tief Luft, sein Herz raste. „Daran habe ich auch schon gedacht. Ich genieße es, Zeit mit dir zu verbringen, mehr als ich für möglich gehalten hätte."

Jane lächelte, ihr Herz flatterte. „Ich auch, Tom. Es ist nur so, dass ich das, was wir haben, nicht kaputt machen will."

„Mir geht es genauso", antwortete Tom. „Aber ich möchte mir auch nicht etwas entgehen lassen, das wirklich etwas Besonderes sein könnte."

Sie wussten beide, dass ihre Beziehung an einem Wendepunkt stand, an der Schwelle zu etwas Neuem und Aufregendem. Dennoch waren sie vorsichtig und schätzten ihre Freundschaft zu sehr, um etwas zu überstürzen. Als sie an diesem Tag aus dem Moor zurückkamen, berührten sich ihre Hände und ein elektrischer Funke sprang zwischen ihnen über. Es war ein kleiner Moment, aber er sprach Bände über das Potenzial dessen, was vor ihnen lag.

1. Anziehungskraft: Attraction
2. Austausch: Exchange

3. Begeistert: Enthusiastic
4. Betrachtete: Looked at
5. Decke: Blanket
6. Einfluss: Influence
7. Energiegeladen: Energetic
8. Erfahrungen: Experiences
9. Erwachen: Awaken
10. Flatterte: Fluttered
11. Kaputt: Ruin
12. Landschaft: Landscape
13. Lehren: Teach
14. Lieblingsplätze: Favorite places
15. Leidenschaftlich: Passionately
16. Lohnend: Rewarding
17. Pausen: Breaks
18. Sorgfalt: Care
19. Spaziergänge: Walks
20. Stimme: Voice
21. Stolz: Pride
22. Unbekannt: Unknown
23. Unermüdlich: Tirelessly
24. Unterhielten: Talked
25. Verbringen: Spend
26. Verhalten: Behavior
27. Vorsichtig: Careful
28. Wundervoll: Wonderful
29. Zögerten: Hesitated
30. Zielstrebigkeit: Determination
31. Zuneigung: Affection

3. Das Dorffest

Das Dorffest war ein Kaleidoskop aus Farben und Klängen, das die kleine Gemeinde in helle Aufregung versetzte. Jane und Tom, die beide die Aufregung in der Luft spürten, beschlossen, den Jahrmarkt gemeinsam zu erleben. Als sie über den Jahrmarkt schlenderten, waren sie vom fröhlichen Geplauder der

Dorfbewohner, den verlockenden Gerüchen der Essensstände und den lebhaften Melodien der Musikstände umgeben.

„Seht euch all diese Spiele an!" rief Jane aus, deren Augen vor Aufregung funkelten. „Hast du eines davon schon einmal ausprobiert, Tom?"

„Ein paar", antwortete Tom mit einem Grinsen. „Ich glaube, ich könnte einen Preis für dich gewinnen."

Sie hielten an einem Spielstand, wo Tom mit erstaunlichem Geschick eine Reihe von Blechdosen mit einem Ball umwarf. Jane klatschte vor Freude, als Tom einen flauschigen Teddybär gewann, den er ihr schüchtern überreichte.

„Für dich", sagte er, und seine Wangen färbten sich ein wenig rot.

Janes Herz flatterte bei dieser Geste. „Danke, Tom. Es ist bezaubernd!"

Im weiteren Verlauf des Abends fanden sie sich auf der Tanzfläche wieder, wo sich Paare zu einer romantischen Melodie bewegten. Tom reichte Jane seine Hand. „Sollen wir?"

Jane nickte, und ihr Herz schlug schneller, als sie sich dem Tanz anschlossen. Als sie sich gemeinsam im Rhythmus der Musik bewegten, spürten sie eine Verbindung, die tiefer war als Worte. Der Tanz brachte sie einander näher, sowohl körperlich als auch gefühlsmäßig.

Nach dem Tanz suchten sie sich ein ruhiges Plätzchen unter dem sternenklaren Nachthimmel, abseits der Menschenmenge. Sie saßen Seite an Seite, der Lärm des Jahrmarkts war nur noch ein entferntes Summen. Es herrschte eine angenehme Stille zwischen ihnen, erfüllt von unausgesprochenen Gefühlen und Gedanken.

„Ich habe mich heute Abend wirklich gut amüsiert", sagte Tom schließlich und sah Jane an.

„Ich auch", antwortete Jane leise und wandte sich seinem Blick zu. „Es war ... etwas Besonderes." Tom zögerte, als ob er mit seinen Gedanken rang. „Jane, ich..."

Aber er hielt inne, die Worte blieben unausgesprochen. Jane sah ihn an und spürte das Gewicht dessen, was er fast gesagt hatte. Es herrschte eine spürbare Spannung, eine Mischung aus Erwartung und Unsicherheit.

Als der Jahrmarkt zu Ende ging, liefen sie gemeinsam zurück, die Nachtluft war kühl und erfrischend. Als sie Janes Türschwelle erreichten, umarmten sie sich lange, warm und tröstend.

„Gute Nacht, Jane", sagte Tom sanft.

„Gute Nacht, Tom", antwortete Jane, die nicht wollte, dass der Moment zu Ende ging.

Sie trennten sich mit einem Lächeln, aber innerlich waren beide ein Wirbelwind der Gefühle. Jane lag wach in ihrem Bett und dachte an Tom, den Jahrmarkt und den Tanz. Sie spürte eine tiefe Verbundenheit mit ihm, war sich aber nicht sicher, wohin sie führen würde.

Auch Tom war hin- und hergerissen. Er mochte Jane mehr, als er erwartet hatte, aber er fürchtete, ihre wachsende Freundschaft für etwas mehr zu riskieren. Der Jahrmarkt war ein Wendepunkt gewesen, aber wohin er führen würde, wusste keiner von ihnen. Die Zukunft war ungewiss, aber eines war klar: Ihre Gefühle füreinander waren zu stark geworden, um sie zu ignorieren.

1. Abseits: Aside
2. Amüsiert: Amused
3. Aufregung: Excitement
4. Ausprobiert: Tried
5. Bezaubernd: Enchanting
6. Blechdosen: Tin cans
7. Dorffest: Village festival
8. Erfrischend: Refreshing
9. Erstaunlichem: Amazing
10. Essensstände: Food stalls
11. Flatterte: Fluttered
12. Flauschigen: Fluffy
13. Führen: Lead

14. Fürchten: Fear
15. Gefühlsmäßig: Emotionally
16. Gewinnen: Win
17. Geschick: Skill
18. Gewicht: Weight
19. Grinsen: Grin
20. Hin- und hergerissen: Torn
21. Jahrmarkt: Fair
22. Klatschte: Clapped
23. Kaleidoskop: Kaleidoscope
24. Lebhaft: Lively
25. Lärm: Noise
26. Menschenmenge: Crowd
27. Musikstände: Music stands
28. Nachthimmel: Night sky
29. Nickte: Nodded
30. Rang: Struggled
31. Schlenderten: Strolled
32. Schläge: Beats
33. Schwelle: Threshold
34. Spannung: Tension
35. Spürbar: Palpable
36. Spürte: Felt
37. Stolz: Pride
38. Summen: Humming
39. Tanzfläche: Dance floor
40. Trennten: Separated
41. Tröstend: Comforting
42. Umarmten: Hugged
43. Unaufgesprochenen: Unspoken
44. Ungewiss: Uncertain
45. Verbinden: Connect
46. Verbinden: Connect
47. Verdeckt: Covered
48. Verführerisch: Enticing
49. Verlobung: Engagement
50. Versprechen: Promise
51. Wandel: Change

52. Wirbelwind: Whirlwind
53. Wohlfühlen: Feel comfortable
54. Zögerte: Hesitated

4. Das Missverständnis

In dem kleinen Dorf in Yorkshire, in dem sich Nachrichten schnell verbreiten, hört Jane das Gerücht, dass Tom sich mit einer anderen Frau trifft. Die Worte verletzten sie mehr, als sie erwartet hatte, und sie ertappte sich dabei, dass sie Tom auswich, ihr Herz war schwer vor Schmerz und Verwirrung.

„Warum geht Jane mir aus dem Weg?" fragte sich Tom laut, verwirrt über ihre plötzliche Distanz. Er vermisste ihre Gespräche und Spaziergänge und die Wärme ihrer Gesellschaft.

Das Gerücht erreichte schließlich Tom, und er verstand Janes Verhalten sofort. Entschlossen, die Dinge in Ordnung zu bringen, ging er zu ihr, wobei sein Herz vor Nervosität schnell schlug.

„Jane, können wir reden?" fragte Tom, der mit ernster Miene an ihrer Tür stand.

Jane, die überrascht war, ihn zu sehen, nickte und fühlte eine Mischung aus Erleichterung und Besorgnis.

„Ich habe ein Gerücht über Sie gehört", begann Jane zögernd und wich seinem Blick aus.

„Dass ich mich mit jemandem treffe?" vermutete Tom, als er ihr Nicken sah. „Das ist nicht wahr, Jane. Ich weiß nicht, wie es angefangen hat, aber es gibt niemanden sonst. Es hat nur dich gegeben."

Janes Wangen erröteten mit einer Mischung aus Erleichterung und Peinlichkeit. „Es tut mir leid, ich hätte dich zuerst fragen sollen."

Sie setzten sich einander gegenüber, die Luft war erfüllt von Spannung und unausgesprochenen Worten. Es war Zeit für ein ehrliches Gespräch, eine Chance, das auszudrücken, was zwischen ihnen gewachsen war.

„Ich hatte Angst", gestand Jane mit leiser Stimme. „Angst, das zu zerstören, was wir haben. Aber in den letzten Wochen habe ich mehr als nur Freundschaft gespürt."

Tom griff nach ihrer Hand, seine Berührung war sanft. „Ich habe es auch gespürt, Jane. Ich wollte dich nicht wegstoßen oder die Dinge unangenehm machen. Aber du liegst mir am Herzen, mehr als mir je jemand am Herzen lag."

Sie lachten gemeinsam, der Klang war leicht und befreiend, als sie erkannten, wie ein einfaches Missverständnis sie fast etwas Wertvolles gekostet hatte.

Von diesem Tag an änderte sich ihre Beziehung. Sie verbrachten mehr Zeit miteinander und versteckten ihre Zuneigung nicht mehr. Sie spazierten Hand in Hand durch das Dorf, aßen gemeinsam in der örtlichen Kneipe und lachten unter freiem Himmel miteinander. Die Dorfbewohner begannen, ihre Nähe zu bemerken, einige lächelten und nickten ihnen zu, während andere hinter ihrem Rücken tuschelten.

Aber Jane und Tom konzentrierten sich auf ihr eigenes Glück, unbeeindruckt vom Klatsch und Tratsch. Sie fanden Freude an der Gesellschaft des anderen, an den einfachen Freuden gemeinsamer Momente und Gespräche. Als sie mehr Zeit miteinander verbrachten, wurde klar, dass sich ihre Gefühle vertieften. Was als Freundschaft begann, erblühte zu etwas Schönerem und Tieferem. Sie erkannten, dass sie etwas Besonderes hatten, eine Verbindung, die mehr war als nur Freundschaft, eine Verbindung, die die Möglichkeit einer gemeinsamen Zukunft versprach. Das Missverständnis hatte sie einander näher gebracht und ihre Beziehung durch Ehrlichkeit und Offenheit gestärkt, und sie freuten sich auf das, was noch kommen würde.

1. Angst: Fear
2. Aus dem Weg: Out of the way
3. Ausdrücken: Express
4. Bemerkten: Noticed
5. Berührung: Touch

6. Besorgnis: Concern
7. Ehrlichkeit: Honesty
8. Einfaches: Simple
9. Einander: Each other
10. Erleichterung: Relief
11. Ernster: Serious
12. Erreichte: Reached
13. Erröteten: Blushed
14. Erwartet: Expected
15. Gelegenheit: Opportunity
16. Gemeinsame: Common
17. Gespürt: Felt
18. Gespräche: Conversations
19. Gestärkt: Strengthened
20. Gewachsen: Grown
21. Herzlichkeit: Warmth
22. Klatsch: Gossip
23. Kneipe: Pub
24. Kostet: Cost
25. Leiser: Quiet
26. Möglichkeit: Possibility
27. Missverständnis: Misunderstanding
28. Nähe: Closeness
29. Nervosität: Nervousness
30. Peinlichkeit: Embarrassment
31. Rücken: Back
32. Sanft: Gently
33. Schmerz: Pain
34. Schüchtern: Shyly
35. Spannung: Tension
36. Spürbare: Palpable
37. Stimmung: Atmosphere
38. Tuschten: Whispered
39. Unangenehm: Uncomfortable
40. Unaufgesprochenen: Unspoken
41. Unbeeindruckt: Unimpressed
42. Unterhalten: Entertain
43. Verhalten: Behavior

44. Verletzten: Hurt

45. Versteckten: Hid

46. Versuchte: Tried

47. Verwirrung: Confusion

48. Wegstoßen: Push away

49. Wertvolles: Valuable

50. Wohlfühlen: Feel comfortable

51. Zerstören: Destroy

52. Zögerte: Hesitated

53. Zuhause: Home

5. Die Herausforderung

Toms Bauernhof, das Herzstück seines Lebens und seiner Leidenschaft, stand vor einer gewaltigen finanziellen Herausforderung. Die Nachricht lastete schwer auf seinen Schultern und warf einen Schatten auf sein sonst so fröhliches Auftreten. Jane sah die Sorge in seinen Augen und wusste, dass sie ihm helfen musste.

„Tom, sprich mit mir. Was ist denn los?" fragte Jane sanft und bemerkte seinen besorgten Gesichtsausdruck.

„Es ist die Farm", seufzte Tom mit schwerer Stimme. „Wir haben ein paar finanzielle Probleme. Ich weiß nicht, was ich tun soll."

Janes Herz schmerzte für ihn. Sie streckte die Hand aus und berührte seinen Arm als Zeichen der Unterstützung. „Wir werden das gemeinsam durchstehen, Tom. Du bist damit nicht allein."

Gemeinsam tüftelten sie an Lösungen, während sie sich über Stapel von Papieren und Budgets den Kopf zerbrachen. Janes Entschlossenheit und Kreativität ergänzten sich mit Toms praktischem Wissen und seiner Erfahrung. Während sie die Herausforderung meisterten, vertiefte sich ihre Bindung, die auf gegenseitigem Respekt und Unterstützung beruhte.

„Ich habe eine Idee", sagte Jane eines Tages, ihre Augen leuchteten vor Hoffnung. „Wie wäre es mit einer Spendenaktion?

Wir könnten eine Veranstaltung organisieren, um die Gemeinde zusammenzubringen und etwas Geld zu sammeln."

Tom sah sie an, Bewunderung und Dankbarkeit in seinen Augen. „Das ist eine brillante Idee, Jane. Aber es ist eine Menge Arbeit."

„Ich weiß", antwortete Jane mit einem entschlossenen Lächeln. „Aber ich glaube, wir können es schaffen. Und ich glaube, das Dorf wird uns helfen wollen."

Die Benefizveranstaltung wurde zu einer dörflichen Angelegenheit, bei der die Einwohner ihre Hilfe anboten, wo sie nur konnten. Jane spürte ein warmes Gefühl der Zugehörigkeit, als sie mit den Dorfbewohnern zusammenarbeitete, Auktionen organisierte, Stände aufbaute und sich auf den großen Tag vorbereitete.

Der Tag der Benefizveranstaltung war erfüllt von Lachen, Musik und Gemeinschaftssinn. Menschen aus dem ganzen Dorf und den umliegenden Gebieten kamen, um Toms Farm zu unterstützen. Die Veranstaltung war ein durchschlagender Erfolg und brachte mehr als genug Geld ein, um den Bauernhof zu unterstützen.

„Jane, ich weiß nicht, wie ich dir danken soll", sagte Tom, dessen Stimme vor Rührung erstickte, als sie auf die geschäftige Menge blickten. „Du hast die Farm gerettet."

„Es war eine Teamleistung", antwortete Jane und drückte seine Hand. „Das ist dein Zuhause, Tom. Und jetzt fühlt es sich auch wie meines an."

Ihre Beziehung, die einst eine stille Verbindung war, wurde nun vom Dorf offen anerkannt und gefeiert. Die Herausforderung, der sie sich gemeinsam gestellt hatten, hatte nicht nur den Hof gerettet, sondern sie auch einander und der Gemeinschaft näher gebracht.

Tom wurde klar, wie wichtig Jane für ihn geworden war. Sie war mehr als eine Freundin; sie war eine Partnerin, jemand, auf den er sich verlassen konnte, jemand, der an ihn glaubte, selbst wenn er an sich selbst zweifelte.

Als Jane die Liebe und Dankbarkeit in Toms Augen sah, wusste sie, dass sie einen Platz gefunden hatte, an den sie gehörte. Eine Zukunft mit Tom schien nicht mehr nur eine Möglichkeit zu sein, sondern eine hoffnungsvolle Gewissheit.

Gemeinsam hatten sie sich einer Herausforderung gestellt, die unüberwindbar schien, und waren gestärkt daraus hervorgegangen. Ihre Liebe, die einst zaghaft und unausgesprochen war, war nun eine stetige Flamme, die ihren Weg nach vorne erhellte. Sie waren dankbar, nicht nur füreinander, sondern auch für die Gemeinschaft, die sich um sie geschart hatte und ihnen die wahre Stärke von Zusammengehörigkeit und Hoffnung zeigte.

1. Angelegenheit: Affair
2. Anboten: Offered
3. Auktionen: Auctions
4. Bauernhof: Farm
5. Benefizveranstaltung: Benefit event
6. Besorgten: Worried
7. Bewunderung: Admiration
8. Durchschlagender: Resounding
9. Einwohner: Residents
10. Entschlossenheit: Determination
11. Erfolg: Success
12. Erstickte: Choked
13. Finanziellen: Financial
14. Gemeinde: Community
15. Gemeinschaft: Community
16. Gemeinschaftssinn: Sense of community
17. Gerettet: Saved
18. Gerücht: Rumor
19. Gewaltigen: Tremendous
20. Herausforderung: Challenge
21. Herzstück: Heart
22. Lastete: Weighed
23. Leidenschaft: Passion
24. Lösungen: Solutions
25. Rührung: Emotion

26. Sorge: Concern
27. Spendenaktion: Fundraiser
28. Stände: Stalls
29. Stärke: Strength
30. Stimme: Voice
31. Streckte: Reached
32. Teamleistung: Team effort
33. Tratsch: Gossip
34. Verbindung: Connection
35. Veranstaltung: Event
36. Vorzubereiten: Prepare
37. Zuneigung: Affection
38. Zusammenarbeitete: Worked together
39. Zusammengehörigkeit: Togetherness
40. Zweifelte: Doubted
41. Zugehörigkeit: Belonging
42. Zugewandt: Turned towards
43. Zusammenschluss: Rallying

6. Die Erklärung

Tom hatte einen besonderen Tag für Jane geplant, an dem er ihr zeigen wollte, wie viel sie ihm bedeutete. Er brachte sie zu ihrem Lieblingsplatz im Moor, einem Ort, an dem die sanften Hügel auf den klaren blauen Himmel trafen und die Schönheit der Natur überwältigend war.

„Ich dachte, wir könnten hier ein Picknick machen", sagte Tom und breitete eine Decke auf dem weichen Gras aus. Er packte einen Korb aus, der mit Janes Lieblingsspeisen gefüllt war - belegte Brote, frisches Obst und ein selbstgebackener Kuchen.

Janes Augen leuchteten vor Freude. „Das ist wunderbar, Tom. Du hast dir alle meine Lieblingssachen gemerkt!"

Sie saßen dicht beieinander und genossen das Essen und die herrliche Aussicht. Die Luft war erfüllt von dem süßen Duft der Wildblumen und dem sanften Rauschen eines nahe gelegenen Baches.

Während sie aßen, drehte sich Tom zu Jane um, seine Augen waren voller Emotionen. „Jane, ich möchte mich bei dir bedanken. Du hast so viel Freude in mein Leben gebracht. Ich kann mir meine Tage ohne dich nicht mehr vorstellen."

Jane spürte, wie ihr Herz vor Glück anschwoll und ihre Augen seine trafen. „Tom, ich fühle dasselbe. Du hast mir das Gefühl gegeben, so willkommen zu sein, so geliebt zu werden."

Tom atmete tief durch und nahm Janes Hände in seine. „Jane, willst du meine Freundin sein?"

Janes Gesicht verzog sich zu einem breiten Lächeln, ihr Herz raste vor Aufregung. „Ja, Tom! Das würde ich gerne!"

In diesem Moment küssten sie sich zum ersten Mal, eine süße und zärtliche Verbindung, die sich anfühlte wie das Aufblühen eines neuen Kapitels in ihrem Leben. Der Kuss war sanft, doch er enthielt das ganze Versprechen der Liebe, die sie teilten, und der Zukunft, die sie gemeinsam aufbauen wollten.

Als sie so dasaßen und sich in den Armen hielten, sprachen sie über ihre Träume und Zukunftspläne. Jane spürte ein Gefühl der Zugehörigkeit, ein Gefühl, dass sie endlich ihr Zuhause gefunden hatte.

„Ich wusste nicht, dass ich so glücklich sein kann", gestand Tom und sah ihr in die Augen. „Dich in meinem Leben zu haben, hat alles verändert."

„Ich fühle dasselbe, Tom", antwortete Jane mit weicher Stimme. „Du hast mir gezeigt, was wahres Glück ist."

Sie kehrten Hand in Hand ins Dorf zurück, nicht mehr nur Freunde, sondern ein Paar, das in seiner Liebe zueinander vereint ist. Ihre Freunde und Nachbarn begrüßten sie mit einem Lächeln und Glückwünschen, glücklich darüber, dass ihre Liebe aufblühte.

Jane und Tom fühlten sich im Beisein des anderen vollkommen. Sie hatten etwas Seltenes und Schönes gefunden - eine Liebe, die tief, echt und vielversprechend war. Der Tag markierte nicht nur eine Liebeserklärung, sondern auch den Beginn einer neuen gemeinsamen Reise, einer Reise voller Hoffnung, Glück und endloser Möglichkeiten.

1. Anschwoll: Swelled
2. Aufblühen: Blossoming
3. Aussicht: View
4. Bach: Stream
5. Belegte Brote: Sandwiches
6. Bedeutete: Meant
7. Breitete: Spread
8. Dicht: Close
9. Duft: Scent
10. Echte: Genuine
11. Erklärung: Declaration
12. Gefüllt: Filled
13. Gegenseitig: Mutually
14. Gelegenen: Nearby
15. Genossen: Enjoyed
16. Gerade: Just
17. Gestand: Confessed
18. Glückwünschen: Congratulations
19. Hügel: Hills
20. Klarer: Clear
21. Korb: Basket
22. Küssten: Kissed
23. Leuchteten: Shone
24. Lieblingssachen: Favorite things
25. Lieblingsspeisen: Favorite foods
26. Nachbarn: Neighbors
27. Nahe: Near
28. Paar: Couple
29. Picknick: Picnic
30. Rauschen: Rustling
31. Sanften: Gentle
32. Selbstgebackener: Homemade
33. Spürte: Felt
34. Vereint: United

35. Verbindung: Connection
36. Verzog: Turned
37. Vorstellen: Imagine
38. Weicher: Soft
39. Wildblumen: Wildflowers
40. Zärtliche: Tender
41. Zugehörigkeit: Belonging
42. Zukunftspläne: Future plans
43. Zusammen: Together
44. Zweifelte: Doubted

7. Die Krönung

Ein heftiger Sturm fegte durch das Dorf und entfesselte seine Wut mit unerbittlichem Regen und heulenden Winden. Toms Farm bekam die Wucht des Sturms zu spüren und hinterließ eine Spur der Verwüstung. Die Felder wurden überflutet, die Scheunen beschädigt und das Vieh verstreut.

Inmitten des Chaos stand Jane unerschütterlich an Toms Seite. „Wir werden das gemeinsam durchstehen", sagte sie mit fester Stimme trotz der Sorge in ihren Augen.

Tom blickte auf seine beschädigte Farm und fühlte einen Anflug von Verzweiflung. „Das ist mein Lebenswerk, Jane. Ich weiß nicht, ob wir uns davon erholen können."

Jane nahm seine Hand und drückte sie beruhigend. „Du bist nicht allein, Tom. Ich bin bei dir, bei jedem Schritt auf dem Weg."

Gemeinsam arbeiteten sie unermüdlich, reparierten Zäune, versorgten die verletzten Tiere und retteten, was sie konnten. Der Stress der Situation stellte ihre Beziehung auf die Probe, aber sie stellten sich jeder Herausforderung mit vereinten Kräften.

Während sie arbeiteten, machte sich Tom große Sorgen um die Zukunft seiner Farm. Der Schaden war groß, und die Kosten für die Reparaturen schienen unüberwindbar.

„Wir können es wieder aufbauen, Tom", sagte Jane mit überzeugter Stimme. „Du hast diese Farm einmal aufgebaut, du kannst es wieder tun. Und ich werde genau hier sein und dir helfen.”

Ihre harte Arbeit begann sich auszuzahlen, denn es gelang ihnen, den größten Teil des Hofes zu retten. Das Dorf, das ihre Notlage erkannte, scharte sich um sie und bot ihnen jede erdenkliche Hilfe an. Nachbarn brachten Lebensmittel, Freiwillige halfen bei Reparaturen, und die Gemeinde organisierte Spendenaktionen.

Die Widrigkeiten, mit denen sie konfrontiert waren, haben Janes und Toms Liebe nur noch gestärkt. Sie erkannten, dass sie gemeinsam jedes Hindernis und jede Herausforderung, die das Leben ihnen in den Weg stellte, überwinden konnten.

Mitten im Wiederaufbau, mit dem Geräusch von Hämmern und Sägen im Hintergrund, wandte sich Tom an Jane. Seine Augen, die sonst so ruhig und beständig sind, waren voller Emotionen.

„Jane, die letzten Wochen haben mir gezeigt, wie viel du mir bedeutest”, sagte er und nahm ihre Hände in seine. „Du hast mir in den schlimmsten Zeiten beigestanden. Ich möchte den Rest meines Lebens mit dir verbringen. Willst du mich heiraten?”

Janes Herz hüpfte vor Freude und Liebe. „Ja, Tom! Ich will dich heiraten!”

Ihre Verlobung war ein Leuchtfeuer der Hoffnung inmitten des Chaos. Die Dorfbewohner, die Jane und Tom kennen und lieben gelernt hatten, feierten ihre Verlobung mit Jubel und Glückwünschen. Es war ein Moment des freudigen Feierns, ein Beweis für die Kraft der Liebe und der Gemeinschaft.

Als die Geschichte von Jane und Tom zu Ende ging, hatte ihre Liebe allen Widrigkeiten zum Trotz gesiegt. Sie hatten dem Sturm gemeinsam getrotzt, ihr Band war unzerstörbar, ihre Liebe ein führendes Licht. Ihre Reise war eine Reise der Liebe, der Widerstandsfähigkeit und der Hoffnung, eine Reise, die versprach eine Zukunft voller Glück und Zweisamkeit. Der Sturm war vorüber, aber ihre Liebe blieb, stark und beständig, eine Liebe, die ein Leben lang halten würde.

1. Anflug: Onset
2. Aufbauen: Rebuild
3. Auszuzahlen: Paying off
4. Beigestanden: Stood by
5. Beschädigte: Damaged
6. Beständig: Steady
7. Entfesselte: Unleashed
8. Erdenkliche: Conceivable
9. Erholen: Recover
10. Felder: Fields
11. Festen: Firm
12. Freiwillige: Volunteers
13. Freudiges: Joyful
14. Führendes: Leading
15. Gemeinschaft: Community
16. Geräusch: Noise
17. Größten: Greatest
18. Hämmern: Hammers
19. Heftiger: Violent
20. Hinterließ: Left behind
21. Hofes: Farm
22. Jubel: Cheers
23. Konfrontiert: Faced
24. Kosten: Costs
25. Kraft: Power
26. Krönung: Crowning
27. Lebensmittel: Food
28. Leuchtfeuer: Beacon
29. Notlage: Plight
30. Rauschen: Rushing
31. Reparaturen: Repairs
32. Retten: Save
33. Sägen: Saws
34. Scheunen: Barns
35. Schlimmsten: Worst
36. Spendenaktionen: Fundraisers
37. Stellte: Posed
38. Überflutet: Flooded

39. Überwinden: Overcome
40. Unerbittlichem: Unrelenting
41. Unerschütterlich: Unwavering
42. Verbinden: Bind
43. Verlobung: Engagement
44. Verstreut: Scattered
45. Verwüstung: Devastation
46. Widerstandsfähigkeit: Resilience
47. Wiederaufbau: Reconstruction
48. Zerstörbar: Destructible
49. Zuneigung: Affection
50. Zweisamkeit: Togetherness

German Graded Readers

For more books and E-book options visit:

www.briansmith.de